学而书系·皖籍评论家辑

何向阳　刘　琼◎主编

洪治纲◎著

余华小说论

时代出版传媒股份有限公司
安徽文艺出版社

洪治纲，安徽东至人。文学博士。杭州师范大学人文学院教授，浙江省哲学社会科学重点研究基地文艺批评研究院主任。著有《余华评传》《中国新时期作家代际差别研究》《中国新世纪文学的日常生活诗学》等。曾获第四届鲁迅文学奖、教育部第七届和第九届高等学校科学研究优秀成果奖（人文社会科学）二等奖、广东省和浙江省哲学社会科学优秀成果奖一等奖等。

学而书系·皖籍评论家辑

何向阳 刘 琼 ◎ 主编

余华小说论

Xue Er Shuxi · Wanji Pinglunjia Ji
Yu Hua Xiaoshuo Lun

洪治纲 ◎ 著

时代出版传媒股份有限公司
安徽文艺出版社

图书在版编目（CIP）数据

余华小说论 / 洪治纲著. -- 合肥：安徽文艺出版社，2024.9
（学而书系. 皖籍评论家辑）
ISBN 978-7-5396-7967-9

Ⅰ.①余… Ⅱ.①洪… Ⅲ.①余华－小说评论 Ⅳ.①I207.42

中国国家版本馆CIP数据核字(2024)第028325号

"十四五"安徽省重点出版规划项目

出 版 人：姚 巍
策 　 划：朱寒冬 姚 巍 　　　统 　 筹：张妍妍 柯 谐
责任编辑：张妍妍 　　　　　　　装帧设计：张诚鑫

....

出版发行：安徽文艺出版社 　www.awpub.com
地 　 址：合肥市翡翠路1118号 　邮政编码：230071
营 销 部：(0551)63533889
印 　 制：安徽新华印刷股份有限公司 (0551)65859551

....

开本：880×1230　1/32　印张：9.75　字数：160千字
版次：2024年9月第1版
印次：2024年9月第1次印刷
定价：68.00元(精装)

....

（如发现印装质量问题，影响阅读，请与出版社联系调换）
版权所有，侵权必究

总　　序

又到收获之际,"学而书系·皖籍评论家辑"散发着油墨书香,要与读者见面了。

这套书目前一共八部,由八位在当今文艺评论实践活动中相对活跃的皖籍评论家的著作组成。

每部著作均以理论、评论及学术随笔为主体,力图充分显现八位皖籍评论家视野的开阔性与学术的自由度。

"学而书系"是开放的书系,此前,对评论家的分野多在代际,而以地理方位来分类,"皖籍评论家"只是一种尝试。"皖籍评论家"这个概念是否成立?它的队伍与组成的大致根基在哪里?证明有待时日。而这八部著作组成的书系,可以说是一种自证的开始。

这套书是当今理想的评论文本吗?这一点,留待读者评判。但可以负责任地说,从评论家自选到主编遴选,整个编选过程严格有序,原因只有一个:这套书呈现的是安徽悠久厚重的文化脉络的一个重要部分。身处这样的一个历史链条,我们始终保有虔敬之心。

一方水土养一方人。历史文化源远流长的安徽,自古就显现出它深邃的传统魂魄之美,而近代以来的兼收并蓄与现当代的开放包容,更使生活于其中和保有故乡记忆的人获得了特别的思想馈赠。文化土壤深厚之地,向来文章之风盛行。历代名家先辈已为我们留下震古烁今的作品,而这一代人的奋笔疾书,也旨在为后人提供难得的精神养分。这种书写的传承,是文化薪火得以世代燃烧的深层原因。

当今文坛,皖籍评论家实力可观,他们大多学养丰厚、视野开阔、思想深远而又行文恣肆,队伍的日渐壮大、作品的声名鹊起,都使他们的存在日益得到多方关注。"学而书系·皖籍评论家辑"八部著作,所收录的只是众多评论家思想的局部,作者前面的两个定语,一是"皖籍",一是"评论家",作为先决条件决定了这套书的样貌。八位皖籍评论家,既有来自高校、科研院所的教授、专家,也有来自文学界、出版界、媒体的研究员、学者,客观反映了当今文学评论家分布的大致结构。

出版社再三考量,确定两位皖籍女性评论家担纲主编,以何向阳、刘琼、潘凯雄、郜元宝、王彬彬、洪治纲、刘大先、杨庆祥的八本专著作为书系"开篇"。作为主编,一方面我们深感荣幸,一方面我们也心有不安。在与各位作者多次交流,向他们征询意见,大致确定书系以及各书的走向、形态与结构并收齐全部书稿之后,2023年夏初,编辑、作者在安徽黟县专门召开改稿会。大家充分交流,逐部审订内容,最终确立了这套书的书名、体例与出版日程。

这套书是一个开放的书系,还会有更多的皖籍评论家加入,也可向上延伸,呈现皖籍评论家文艺评论丰厚的历史遗产,或者更可以打破地域之限,以引出当代"中国评论家"书系的出版。当然,若以文学评论为开篇,此后艺术评论更加丰富的面向能够予以呈现,则这套书会有一个更为恢宏的未来。

从动议策划到付梓印刷,历时两年。在传统出版竞争激烈、出版市场压力巨大的大背景下,花费时间、精力与资金出版这套书,安徽出版集团的支持体现了时代的担当,而这担当后面的支撑则是对文化建设的深度尊重与共建热忱。在此，感谢安徽出版集团的眼光与魄力；感谢给予本书系出版以具体支持的朱寒冬先生，他的督阵与推动为我们提供了动力；感谢安徽文艺出版社姚巍社长与各位编辑的踏实、严谨，他们为这套书付出了巨大心力。

目前八部理论评论著作《景观与人物》《偏见与趣味》《不辍集》《中国当代女性文学散论》《成为好作家的条件》《余华小说论》《蔷薇星火》《在大历史中建构文学史》已经放在了各位读者面前，同时，它们也进入了文化与故乡的时空序列中，它们必须接受来自故乡与评论界的双重检验。我们乐于接受这种检验，同时也相信它们经受得起这种检验。

2024 年 6 月 26 日　北京

目 录

总序 何向阳 刘琼／1

第一章 论余华的小说创作／1

第二章 论余华的"少作"／32

第三章 论《在细雨中呼喊》／70

第四章 论《活着》／95

第五章 论《许三观卖血记》／118

第六章 论《兄弟》／152

第七章 论《第七天》／178

第八章 论《文城》／201

附录　火焰的秘密心脏
　　——与余华的对话 / 227

后记 / 301

第一章　论余华的小说创作

从1983年发表处女作《第一宿舍》开始,余华的创作生涯迄今已有四十年。纵观余华的创作轨迹,我们会发现,有一种极为尖锐的冲突始终盘桓在余华的内心,那就是如何处理异常复杂的现实生活经验及其内在的逻辑。为此,他曾不断地调整自己的叙事策略和表达方式,试图找到一条适合自己的表达途径,但最终仍无法彻底地与现实达成和解。余华自己也坦承,"长期以来,我的作品都是源于和现实的那一层紧张关系"[1]。这种"紧张关系",一方面说明他非常关注现实,渴望以强劲的叙事手段击穿某些现实的本质,但另一方面,他又不愿意在具体创作中时时忍受现实经验与逻辑的摆布。

---

[1] 余华:《活着·中文版自序》,作家出版社2016年版,第1页。

这种自我纠结的心理,使他在不同的人生阶段选择了不同的处理现实的方式,也使他的创作呈现出颇不相同的几个阶段。应该说,在1986年之前,余华像很多作家一样,并没有对现实感到"紧张",他一直老老实实地遵循着现实主义的叙事方式,创作了《第一宿舍》《星星》《鸽子,鸽子》等10余篇小说。但是,从1987年的《第一次出门远行》开始,他便以先锋实验的方式,果断拒绝了任何现实生活经验及其逻辑的规约,以明确的主观化真实,试图全面重构自己的艺术世界。1990年之后,随着《在细雨中呼喊》《活着》《许三观卖血记》等长篇的问世,他似乎又回到现实生活的经验轨道上,倾力探讨现实伦理中的个体生存及其命运真相。2005年之后,他又通过《兄弟》《第七天》等作品,以黑色幽默的方式,向现实生活及其内在经验进行了绝望式的反抗和解构。

面对余华创作上的这些变化,大多数学者常常以"创作转型"概而述之,虽也能说明问题,但我们认为,这并不能从本质上有效揭示余华创作的精神轨迹。因此,围绕余华创作与现实之间的关系进行系统性的梳理与深究,或许可以更清晰地呈现余华创作的内在特质。

一

对于每一位从事虚构性写作的作家来说,现实生活(包括历史)及其内在的逻辑经验,都应该是一个绕不过的障碍。这种障碍,主要体现在"如何表达"上,即作家应该选择怎样一种表达策略,较好地传达创作主体对现实生活(包括历史)的洞见,并呈现自身完整的艺术世界和审美风格。在实际创作中,很多作家一旦找到了处理写作与历史和现实的关系的方式,基本上不会再进行重大的改变,只是在局部叙事上进行微调。如贾平凹的创作,从《小月前本》《浮躁》,一直到《秦腔》《老生》,都是依附于现实生活的经验常识,只是在一些情节上进行局部的变形处理。莫言从《红高粱》开始,便确立了自己对历史与现实的民间化、神魔化的表达策略,一直到《蛙》都没有出现太大的变化。王安忆、韩少功的创作中,虽也有少量作品试图颠覆现实经验与逻辑,但总体而言,他们的创作仍然遵循了现实自身的经验和逻辑。即使是像马原、洪峰等先锋作家,在经历了各种主观化的形式实验之后,在后来的创作中也都逐渐向现实经验靠拢。余华的创作却一直处在变化和调整之中,而且有些转变带有颠覆性的意味。这无疑折射了余华在不同的人生阶段对现实和艺术的不同理解。这正是余华创作的特殊之处。

余华早期曾发表了16部短篇小说,主要为《第一宿舍》《"威尼斯"牙齿店》《鸽子,鸽子》《甜甜的葡萄》《星星》《竹女》《月亮照着你,月亮照着我》《老师》《男儿有泪不轻弹》《男高音的爱情》《老邮政弄记》《三个女人一个夜晚》《表哥和王亚亚》等。这些小说在当时还颇有影响,像《男儿有泪不轻弹》,成功塑造了一位年轻的改革派厂长,性格鲜明,充满反叛精神,是改革文学中颇为独特的一部作品,被收入当时的浙江青年小说家作品集。《星星》则获得了《北京文学》1984年度优秀作品奖,余华也因此从武源镇卫生院调入海盐县文化馆,结束了自己长达五年的牙医生涯。但是,这些作品迄今未收录到余华的任何作品集中,余华在很多场合也极少提及它们,除非在谈到自己的创作经历时,他才会偶尔提到《北京文学》中的《星星》。余华之所以不愿提及这些作品,主要是因为这些早期的习作并不能代表他的个人风格,也未能体现他的审美理想。事实也是如此。这一时期,余华并没有意识到现实生活经验及其内在逻辑的重要,也不太清楚自己的创作与现实之间到底应该保持怎样一种关系。所以,这些小说与现实生活之间基本保持了同步姿态,并且与当时的文坛创作构成了紧密的呼应。

余华的真正觉醒始于1986年。在经历了数年的写作训练,同时又阅读了一大批域外现代主义作品之后,余华逐渐意识到了现实经验和生活常识对于小说叙事的不可靠,也明白了源于现实的经验和逻辑对创作的潜在规约。在他看来,"这种经验使人们沦陷在缺乏想象的环境里,使人们对事物的判断总是实事求是地进行着"[1]。于是,他果断地抛弃了遵循生活真实的叙事原则,彻底摆脱了现实经验和常识的羁绊,开始尝试"面对天空"的、主观化的自由书写,发表了一大批极具先锋性质的实验作品,包括《十八岁出门远行》《西北风呼啸的中午》《四月三日事件》《难逃劫数》《世事如烟》《古典爱情》《河边的错误》《死亡叙述》《现实一种》《此文献给少女杨柳》等等,共计16部中短篇小说。通过这种颠覆性的写作,余华奠定了自己作为当代先锋作家的文坛地位。

认真地审视这一时期余华的创作,我们会发现,他对现

---

[1] 余华:《虚伪的作品》,《上海文论》1989年第5期。

实经验和常识的反抗手段并不复杂,只是从逻辑上斩断了人类赖以生存和认知的理性链条。也就是说,余华首先是以破除理性逻辑的合法性,通过大力彰显非理性的生活现状来建构自己的艺术世界。众所周知,人们的很多生活经验和常识,都是基于理性的认知,也是源于逻辑上的推断,并由此构成我们生活中的"铁律"。但是,人类又时时面临非理性的袭扰,不断体现出自身作为动物的各种本能。这些非理性的真实存在,既是复杂人性的重要景观,又是人们自启蒙以来不断探究的核心问题,它们可以随时随地践踏或颠覆人类的理性世界,使我们对人类自身的认知永难穷尽。余华选择非理性的生活作为突破口,从本质上说,就是要借助大量的、无法理喻的生命状态,说明人类通过理性建构的世界是多么脆弱,也是多么不可靠。所以,在这些中短篇小说里,处处充满了错位、荒诞、冷漠和无所适从。很多故事的发展都没有因果关系;一个个暴力和血腥的事件,常常源于人物非理性的冲动;大量人物命运的前后变化,也找不到内在的逻辑依据。这也说明,余华已完全抛开了现实的逻辑关系和种种经验,以强烈的主观真实,在自己的虚构世界里肆意狂奔。

在这个非理性的艺术世界里,我们看到,《十八岁出门远行》里那位翩翩少年,带着对外面世界的无限遐想,满怀信心地行走在异地他乡,结果却被卷入一场车祸中无所适从。他以人间应有的伦理和经验,极力维护卡车司机的那车苹果,最终却被司机抛弃。《西北风呼啸的中午》里,"我"被一个彪形大汉从温暖的床上拖进凛冽的寒风中,为一位素不相识的"朋友"奔丧。在奔丧过程中,"我"不仅要为死者守灵,还不得不承诺替死者为母亲尽孝。《死亡叙述》中,身为卡车司机的"我",因为撞死了乡村少年并逃离现场而备受内心折磨,多年后又遭遇车祸,"我"这次便抱着受害女孩寻求帮助,不料女孩的家人却毫不含糊地用各种农具将"我"打死。《鲜血梅花》中,手无缚鸡之力的少年阮海阔,在母亲的授意下,不得不背上那把绝世宝剑,踏上了为武林高手父亲报仇雪恨的征程。《古典爱情》中,进京赶考的柳生与小姐惠一见钟情,无奈科举失利,返乡途中又知小姐病逝,遂在小姐荒冢边建屋相守,不料小姐竟死而复生,最后又因柳生掘坟而无法生还,仿佛是一个传统才子佳人的穿越式改编。在这些作品中,我们看到,小说的主人公所碰到的,仿佛都是些心志不健全的精神病患者,所以他们总是无一例外地遭受着各种匪夷所思的灾难或冲击。

余华之所以"一直是以敌视的态度看待现实",最大的原因就是现实无法满足余华内心表达的自由。"当我们就事论事地描述某一事件时,我们往往只能获得事件的外貌,而其内在的广阔含义则昏睡不醒。这种就事论事的写作态度窒息了作家应有的才华,使我们的世界充满了房屋、街道这类实在的事物,我们无法明白有关世界的语言和结构。我们的想象力会在一只茶杯面前忍气吞声。"正因如此,"当我发现以往那种就事论事的写作态度只能导致表面的真实以后,我就必须去寻找新的表达方式。寻找的结果使我不再忠诚所描绘事物的形态,我开始使用一种虚伪的形式。这种形式背离了现状世界提供给我的秩序和逻辑,然而却使我自由地接近了真实"①。尽管余华将这种非理性的叙事方式定义为"虚伪的形式",但是为了让这种"虚伪的形式"能够适应人们的接受思维,余华还是动用了两种极为特殊的叙事符号:一是神秘的预言(包括算命先生),二是疯子。这两种符号都脱离了理性的轨道,但又是现实生活中真实存在的,在人们的经验里并不陌生,但它们的各

---

① 余华:《虚伪的作品》,《上海文论》1989 年第 5 期。

种表现却是人们永远也无法根据经验可以做出判断的。所以,在余华这一时期的小说中,各种神秘的预言,包括算命先生、老中医之类的人物,总是频繁地穿梭在故事之中,引导故事向各种不可知的方向飞速发展。像《世事如烟》中的算命先生,不仅左右了整个小镇人物的生与死,为了获取长寿的精气,还不断强暴年幼的少女,使很多小镇人物都处在无法把握的灾难之中。在《命中注定》中,事业有成的刘冬生,意外得知自己的好友、暴发户陈雷被人谋杀于汪家旧宅,这使他自然而然地想起三十年前的某个黄昏,他和陈雷在这座旧宅前玩耍时,曾数次听到空无一人的旧宅里传出"救命"的叫喊,似乎是这些类似于阴魂的叫喊,终于在三十年之后夺走了陈雷的生命。《难逃劫数》里,那位神秘的老中医从看到英俊的东山第一眼时,便预感到了灾难的来临。由此,在情欲的引导下,东山与露珠、广佛与彩蝶、森林与妻子,开始不断地陷入各种灾难之中,丧命的丧命,致残的致残……无论是神秘、宿命还是血腥的暴力冲动,这些故事的发展和变化,很少有必然性的逻辑关系,也无法用正常的价值体系来评判,它们的最终目标都很明确,就是最大限度地满足作家在不可知论的原野上四处奔走。

疯子是非理性的代名词,也是很多先锋作家常用的一种符号,像苏童、格非的早期作品中都常常出现。余华的《一九八六年》《河边的错误》《四月三日事件》等作品,其主人公都是些理性缺席的疯子,所以他们的一言一行都不存在现实规范的制约,完全是一种动物本性的肆意流淌。无论是《一九八六年》中的疯子不断地在自己身上表演历史酷刑,还是《河边的错误》中的疯子四处杀人,包括《四月三日事件》中那个迫害狂患者对周遭人群的恐惧判断,都充满了残忍、暴烈和血腥的气息。即使是像《现实一种》中的兄弟自相残杀,在本质上也是一种丧失了任何理性的疯子行为。

这种摆脱了理性制约的叙事,一方面使余华尽情地享受着自己笔下的暴力景观和征服欲望所带来的无限快意,享受着突破一切现实秩序羁绊之后天马行空式的自由表达;另一方面,也让他不时地被自己笔下的各种血腥气息弄得心惊肉跳,甚至噩梦连连。"写《现实一种》的时候,是我写作生涯最残忍的时候,我印象很深,那里面杀了好几个人,还有《河边的错误》《一九八六年》。我印象中那个时候写了一堆的中短篇小说里杀了十多个还是三十几个,那个时候不知道为什么就不能摆脱自己一写小说就要杀人,必定里边有人死亡,最后是我自己都受不了了,晚上尽做这种梦,不是我在杀人就是别人来杀我,有一个梦里我在被公安局通缉,我东躲西藏,醒来是一身冷汗,心想还好是梦。"①十多年之后,余华再次回忆这段写作经历时,还对这种写作感受记忆犹新。这也表明了这种写作策略对于余华并不具备可持续性和恒定性。

二

一直沉醉在非理性的世界里"杀人放火"的余华,在承受了无数噩梦的折磨之后,开始自觉地调整自己的叙述策略。从 1991 到 1995 年,在短短的四年里,余华相继推出了 3 部长篇,即《在细雨中呼喊》(发表时名为《细雨与呼喊》)、《活着》和《许三观卖血记》,同时还发表了一系列短篇小说,包括《女人的胜利》《蹦蹦跳跳的游戏》《黄昏里的男孩》《在桥上》《空中爆炸》《阑尾》《他们的儿子》《我没有自己的名字》等等。在这些作品中,余华果断地告别了有关非理性世界的建构,舍弃了那些人物的动物性虐杀、自残

---

① 余华:《说话》,春风文艺出版社 2002 年版,第 97 页。

或暴力胁迫,开始同现实生活与人生经验"握手言和"。针对这些作品,有些评论家就曾指出,这是先锋的撤退,标志着余华创作开始向传统妥协。对此,余华毫不含糊地回答道:"一成不变的作家只会快速奔向坟墓,我们面对的是一个捉摸不定与喜新厌旧的时代,事实让我们看到一个严格遵循自己理论写作的作家是多么可怕,而作家源源不断的生命力在于经常的朝三暮四。"[①]余华的这段话虽然有一种"狡辩"的意味,但他毕竟以作品证明了自我"转身"的重要意义。这些作品(尤其是三部长篇小说)又一次震动了当代文坛,并进一步奠定了余华的文坛地位。据不完全统计,迄今为止,《活着》已发行了500多万册,《许三观卖血记》发行了100多万册,《在细雨中呼喊》发行了50多万册,在这个庞大销量的背后,已隐约透露了这些作品的经典化魅力。

或许我们有理由相信,20世纪90年代的余华毕竟已渐入中年,随着生活阅历的增加,他更加深切地理解了生活背后的诸多况味,并渐渐走向了成熟。但事实可能没有那

[①] 余华:《温暖和百感交集的旅程》,作家出版社2012年版,第146页。

么简单。一个成熟且风格鲜明的作家,如此果断地放弃原有的叙事策略,开始以全新的方式面对以后的创作之路,无疑有着更为内在的复杂因素。余华曾进行过这样的自我分析:"我沉湎于想象之中,又被现实紧紧控制,我明确感受着自我的分裂,我无法使自己变得纯粹,我曾经希望自己成为一位童话作家,要不就是一位实实在在作品的拥有者,如果我能够成为这两者中的任何一个,我想我内心的痛苦将轻微得多,可是与此同时我的力量也会削弱很多。"[①]从这段话可以看到,余华的内心其实一直存在着想象与现实的尖锐冲突,而且这种冲突已让他觉得自己无法变成一个纯粹的作家。同时,这段话也反映了余华在艺术理想上的某种觉醒。一方面,他希望通过天马行空式的想象,建构一种不受现实经验和逻辑制约的世界,并使这个世界能够传达作家对于现实人生和人性存在的认知力量,但结果他又不得不通过一个个非理性的世界呈现出生活的各种"特例",无法有效激发理性社会的震动;另一方面,他又不愿意沉迷于现实经验之中,因为"作家要表达与之朝夕相处的现实,他常常会感到难以承受,蜂拥而来的现实几乎都在诉说着

---

① 余华:《活着·中文版自序》,作家出版社2016年版,第5页。

丑恶和阴险,怪就怪在这里,为什么丑恶的事物总是在身边,而美好的事物却远在海角"①。这是一种耐人寻味的困惑。相比那些全身心拥抱现实经验的作家,余华的内心纠结虽很真诚,却又有些难以理喻。究其因,我们以为,余华在骨子里还是无法放弃文学的使命意识和伦理关怀,也无法逃离自己对现实表达的欲念,无法摒弃文学在社会认知功能上的内在"力度"。

事实上,只要认真审视余华早期的先锋创作,我们也不难发现他对现实的某种深度关切。像《一九八六年》,虽然余华选择以一位疯子的自残行为来展示人们对于暴力和血腥的亢奋、对苦难历史和不幸命运的冷漠,但是,从疯子变成疯子的过程中,我们可以洞悉余华对"文革"灾难的深度反思,尤其是对人们如此迅速遗忘"文革"劫难的愤怒。类似的作品还有《偶然事件》《夏季台风》《战栗》等。这也意味着,余华并没有真正地拒绝过现实,更没有遗忘文学应向人们传递有关人性、人道和命运的关怀。当他选择以"虚伪的形式"来展示自己的艺术理想时,虽然可以任意主宰笔下人物的行为和命运,但终究无法传达作家对现实生活

---

① 余华:《活着·中文版自序》,作家出版社2016年版,第6页。

及人生命运的真实看法。为此,余华不得不调整叙事策略,开始寻找一种新的方式,既能维护自我内心的自由,保障想象力的延伸空间,又能够传达创作主体对现实生活和人生命运的理解与关切。

在这种艰难的抉择中,余华巧妙地绕开了对现实生活的直接表达,而是选择将记忆作为迈向现实的通道。为什么选择记忆?因为记忆是通往现实的一座天然的桥梁,它盘桓在每个人的内心世界,立足于当下的现实,却又不断伸向遥远的时空。记忆的独特之处,在于它本质上仍然是一种主观化的内心真实,因为每个个体激活方式的不同,记忆随时会发生扭曲、变形或重组,"这过去的现实虽然充满了魅力,可它已经蒙上了一层虚幻的色彩,那里面塞满了个人想象和个人理解"[1]。因此,对记忆的书写,从某种意义上说,也是一种主观化的叙事,只不过,它将必须依赖于现实的经验和逻辑。用余华自己的话说,"回忆的动人之处就在于可以重新选择,可以将那些毫无关联的往事重新组合起来,从而获得了全新的过去,而且还可以不断地更换自己

---

[1] 余华:《活着·中文版自序》,作家出版社2016年版,第6页。

的组合,以求获得不一样的经历"①。于是,从《在细雨中呼喊》开始,余华便动用了一种面向记忆的叙事方式,以一种充满人道伦理和悲悯情怀的审美基调,呈现了创作主体对于历史、命运和人性的理解。

  回忆总是温暖的,哪怕那些往事充满了苦涩、屈辱和辛酸,当它们成为一种被不断激活的碎片,并在当下的心境中被选择、重组和整合时,就会变得栩栩如生。在《在细雨中呼喊》里,我们看到,小说从一开始就将叙事拖入遥远的恐惧之夜:"1965年的时候,一个孩子开始了对黑夜不可名状的恐惧。我回想起那个细雨飘扬的夜晚,当时我已经睡了,我是那么的小巧,就像玩具似的被放在床上。……一个女人哭泣般的呼喊声从远处传来,嘶哑的声音在当初寂静无比的黑夜里突然响起,使我此刻回想中的童年颤抖不已。"接着,一个现在的声音迅速出现:"现在我能够意识到当初自己恐惧的原因,那就是我一直没有听到一个出来回答的声音。再没有比孤独的无依无靠的呼喊声更让人战栗了,在雨中空旷的黑夜里。"一种绝望的呼喊声在阒寂无人的

---

① 余华:《在细雨中呼喊·意大利文版自序》,作家出版社2016年版,第4页。

黑夜里长啸,却没有任何人间的回应,这种孤独和凄凉的生存境遇,恰恰笼罩了"我"的整个成长历程。换句话说,余华从小说的开篇就采用了一种隐喻性的叙事手法,将孙光林推向了恐惧与绝望的深渊。他无力把握,也无法把握,但是又必须把握。他没有自我保护的能力,又无法从亲情和友情中获得保护自我的力量,因此,他只能在一次次的战栗中走向孤独,又在孤独中陷入更深的战栗。

当然,并不只是孙光林一个人在承受这种成长的苦难。孙光平、孙光林、孙光明、国庆、刘小青、苏宇、苏杭、郑亮、曹丽……可以说,他们这一代人都在无序成长中共同承受着这份成长的艰辛。爱的严重缺席、伦理体系的空前衰落、道德管束的彻底丧失,都使得从南门到孙荡的中国乡村社会,充满了某种无序的疯癫状态,人们常常以最原始的行为行走在现实的角角落落,伤害与被伤害成为日常生活中最具活力的成分。由此而产生的结果,便是少不更事的孙光林与现实之间逐渐游离和隔膜,幼小的心灵被迫反复承受着现实风浪的击打而又孤立无助。然而,这部小说的情感基调并不冷漠和血腥,相反,它在淡淡的忧伤之中,始终饱含着异常坚实的温情,甚至连那些幽默也洋溢着某些温馨的气息,犹如余华自己所言,"当这些结束以后,惊奇和恐惧也就转化成了幽默和甜蜜"①。

这种将苦难和辛酸转化为甜蜜和温馨的记忆式书写,在《活着》中再一次得到全面的体现。当"那个会讲荤故事会唱酸曲"的、年轻的民间歌谣收集者,在田间意外地碰到福贵老人时,我们便看到,随着福贵叙述的开始,一种空旷的回忆渐渐呈现在眼前,无数的往事像天边的驼影,绵延不绝地显现出清晰的面容。而福贵作为记忆的亲历者,却始终以一种异常平静的语调,打捞自己的人生,抚摸沧桑的命运。从青年时的玩世不恭和吃喝嫖赌,到战场上的九死一生和顽强求活,从儿子有庆的懂事和早夭,到妻子的病痛与逝世,从女儿的难产死亡到女婿的病故、外孙的意外夭折,直到如今自己与这头老牛相依为命,福贵在复述这些人生的灾难时,没有愤怒,没有凄绝,却处处充满了血缘的亲情、家庭的温情。诚如美国《时代》周刊所言:"中国过去六十年所发生的一切灾难,都一一发生在福贵和他的家庭身上。接踵而至的打击或许令读者无从同情,但余华至真至诚的

---

① 余华:《在细雨中呼喊·意大利文版自序》,作家出版社 2016 年版,第 4 页。

笔墨,已将福贵塑造成了一个存在的英雄。当这部沉重的小说结束时,活着的意志,是福贵身上唯一不能被剥夺走的东西。"①福贵是不是英雄,或许并不重要,重要的是,在福贵回望自己长达60多年的人生经历时,无论是历史的劫难还是现实的不幸,都获得了清晰的呈现,并且折射了余华对历史与命运的双重思考。同时,在福贵的叙述中,记忆总是在不断地跳跃和重组,最终从福贵的口中流淌出来,却变得异常地温馨和宽广,用余华自己的话说,"当福贵从自己的角度出发,来讲述自己的一生时,他苦难的经历里立刻充满了幸福和欢乐,他相信自己的妻子是世上最好的妻子,他相信自己的子女也是世上最好的子女,还有他的女婿他的外孙,还有那头也叫福贵的老牛"②。这正是回忆的动人之处,也是余华选择从记忆向现实进发的重要缘由。

在《许三观卖血记》里,余华依然延续了这一叙事策略。小说虽然没有明确地体现当下的叙事时间,但回忆依然是它的主调,"它的节奏是回忆的速度……作者在这里

---

① 余华:《活着》,作家出版社2016年版,第185页。
② 余华:《活着·麦田新版自序》,作家出版社2016年版,第16页。

虚构的只是两个人的历史,而试图唤起的是更多人的记忆"①。从许三观第一次跟着龙根卖血开始,作者便沿着时间的线性发展,呈现了许三观卖血的一生。于是,我们看到,身为普通的父亲,许三观在小说中总共卖了十二次血,但是其中有七次卖血,都是为了让他"戴绿帽子"的一乐。许三观并不是一个高尚的人,妻子许玉兰与何小勇偷情,让他极为恼怒,除了暴力和冷暴力的惩罚之外,他还用卖血得来的钱去勾引女同事,以此寻求自我的心理平衡。但是,当一乐以及一乐的生父何小勇面临死亡的威胁时,他还是下意识地挺起身来,给予了他们应有的帮助。许三观看起来是个浑身散发着小市民气息的人,但是他的内心始终放不下作为一位父亲的所有担当。别有意味的是,当叙述者讲述许三观卖血的故事时,他显然充分利用了记忆的选择和重组的功能,并且在重组过程中,每一次都能够将苦难迅速地转化为快乐和幽默,从而使这部作品在呈现命运不幸的同时,又洋溢着喜剧性的审美格调。

在每个人的内心世界里,回忆都是一首无言的歌,却又

---

① 余华:《许三观卖血记·中文版自序》,作家出版社 2012 年版,第 2 页。

蕴藏着无数条通往现实的路径。"一个偶然被唤醒的记忆,就像是小小的牡丹花一样,可以覆盖浩浩荡荡的天下事。"①余华在摆脱了纯粹的主观化、非理性的叙事之后,通过对记忆的激活和重组,开始在理性化的层面上不断逼近历史和现实,并试图对人性和命运进行叩问与质询,折射了余华对历史和现实的介入姿态。所以在这个阶段,余华的很多小说在主题上都充满了抗争性,无论是《活着》《在细雨中呼喊》里对绝望命运的执着抗争,还是《许三观卖血记》《他们的儿子》等作品中对各种不幸的顽强对抗,都体现了他在这一时期的文学观念和艺术追求,也体现了他对历史和社会积极介入后的某些思考。

三

在20世纪90年代前期,余华的小说创作一直保持着良好的势头,除了三部长篇之外,他还发表了不少短篇小说。但是,从1996年开始,应《读书》时任主编汪晖之约,余华逐渐转向随笔创作,并在《读书》《收获》等杂志开设了读

---

① 余华:《在细雨中呼喊·韩文版自序》,作家出版社2016年版,第7页。

书和音乐方面的专栏。这些随笔同样在读者中引起了较大反响,使余华很长一段时间都沉迷于此,无法回到虚构性的小说叙事中。不过,在创作随笔的这段时间里,余华也获得了不少新的感悟和思考。一方面,他通过对大量优秀作品(包括音乐)的重新解读,对经典艺术又有了更新更深的理解,特别是对一些作家在表达现实时所运用的叙事策略,有了更为全面的认识。这一点,在《强劲的想象产生事实》《文学中的现实》《长篇小说的写作》等随笔中,余华都做了十分坦诚的交代。另一方面,余华在这段时间里还常常奔走于国内外,通过广泛的交流,大大加深了对中国社会的认识。他曾多次强调,1990年之后中国社会的变化之快之大,着实令人目不暇接,"前些年我经常出国,坐在晚餐的桌前和外国人聊天,我会说起过去中国的故事,也会说到现在中国正在发生的故事,所有的外国人都是目瞪口呆,他们无法相信我一个人有这样绝然不同的经历,因为他们是在一个渐变的环境里走过来的,而我们这一代人是在裂变中经历过来的"[1]。面对如此繁复而驳杂的中国现实,余华的

---

[1] 洪治纲、余华:《回到现实,回到存在——关于长篇小说〈兄弟〉的对话》,《南方文坛》2006年第3期。

内心也有了更多的表现欲望。

不过,作为一个拥有多年创作经验的作家,在进一步强化了经典阅读的思考之后,当余华再来审视中国这些年来翻天覆地的变化时,他所看到的,显然不是一般意义上的物质繁荣或欲望丛生之类的社会表象,而是被物质消费主义高度扭曲了的一个个普通平民的生存镜像。在余华看来,人们对欲望和金钱进行疯狂追逐的激情,与"文革"时期所彰显出来的革命豪情,几乎没有太大的差别。他们喧嚣、盲从,轻松地践踏一些道德底线,不择手段地追求自我满足。这种集体性的疯癫,不仅导致了"忽悠""山寨"的四处流行,也导致了中国社会中的各种差距空前地加剧,现代都市与边远乡村之间的生活几乎形成了天壤之别。所有这些,都引发了余华内心的激烈煎熬和深层思索,并形成了随笔集《十个词汇里的中国》。这是一本极为重要的随笔集,我们甚至认为,要真正理解余华后期的创作,必须要细读《十个词汇里的中国》。它与余华的《兄弟》《第七天》等小说,构成了一种明确的互证文本,袒露了余华再度调整自己叙事策略的内在机缘。

经过数年的经营,余华终于在2005—2006年推出了长篇小说《兄弟》。尽管这部小说因为出版问题而饱受非议,同时还由于某些情节的粗俗而颇受诟病,但是,它在国内迄今已销售百余万册,在海外也备受好评。讨论它的社会反响或许并无太大的意义,我们需要关注的是,与《活着》《许三观卖血记》等长篇相比,余华的创作显然又出现了明显的变化。这种变化集中体现在他对当下现实的正面书写上。如前所述,在《活着》等小说中,余华都是通过对个人记忆的不断重组来完成对历史和现实的重构,而在《兄弟》中,他将记忆重组与现实书写融成一体,明确地站在当下的社会语境中来呈现"我们刘镇"的传奇。在《十个词汇里的中国》中,余华曾说道:"今天的中国,可以说是一个巨大差距的中国。我们仿佛行走在这样的现实里,一边是灯红酒绿,一边是断壁残垣。或者说我们置身在一个奇怪的剧院里,同一个舞台上,半边正在演出喜剧,半边正在演出悲剧。"[①]而在《兄弟》里,差距同样也成为小说结构的内在框架,并且这种差距以横向和纵向的方式,沿着各自的轨道不断伸展。在纵向的社会发展中,李光头从一个不断被刘镇

―――――――

[①] 余华:《十个词汇里的中国》,台湾麦田出版社2011年版,第181页。

人羞辱、伤害的少年,一个谁都瞧不起的街头小混混儿,经过十几年的摸爬滚打,最终却以混世魔王的角色,变成了使用镀金马桶的刘镇首富,而他的兄弟宋钢也在屈辱中慢慢成长,并娶到了刘镇的美女林红。在横向的人物命运变化中,随着中国社会在20世纪八九十年代的变化,李光头在资本积累中越来越富,为所欲为,而兄弟宋钢却一步步沦为四处贩卖假货的小商贩,并最终死于非命。无论是纵向的时代变化,还是横向的命运变化,《兄弟》所体现出来的,已不是单纯的人生差距,而是混乱的现实伦理所制造出来的荒诞与理性之间的差距,是欲望的喜剧与人性的悲剧之间的巨大反差。

这种差距,在《第七天》里再一次获得充分的展示,并且直接上升为阳间与阴间的比照。随着杨飞在死后七天里频繁奔波于阳间和阴间,我们看到,余华笔下的现实社会是如此混乱、错位或荒诞不经。从官场的潜规则到商场的欲望交换,从执法者的枉法到受辱者的抗争,从底层"鼠妹"的辛酸爱情到暴力拆迁后的孤儿漫游,都被一一呈现出来。尽管这些现实景象每天都以社会花边新闻的方式流布于各种媒体,甚至让人们渐趋麻木,但是,当它们集中出现在杨飞的视野中时,仍然给人以强烈的震撼。人们不禁要问:当中国经过30多年的改革完成了华丽的转身,并以一系列重大举措令世界瞩目之时,当中国的GDP(国内生产总值)像高速列车一样迅速蹿到世界前列之时,当中国人为成为全球奢侈品的消费大国而满脸亢奋之时,中国在实现物质财富巨大飞跃的同时,是否也实现了社会秩序和现代伦理的巨大飞跃?是否也实现了国民的精神素质和灵魂质量的巨大飞跃?令人意味深长的是,这些现实生活中的荒诞事件,最终都在阴间找到了答案。在"鼠妹"的带领下,杨飞抵达了名为"死无葬身之地"的阴间世界,那里简单、纯朴、和谐、平等、自由,充满了至善至美的人性理想,仿佛一个乌托邦的家园,与诡异的阳间世界形成了绝妙的反差。在那里,所有没有墓地的亡灵都聚集在一起,亡灵们都熟知各自生前的遭遇,他们相互调侃,彼此友善,向每一个后来者打听自己死前的境况,同时又以向导般的姿态,为后来者提供一切帮助。这种反差式的叙事,折射了余华内心的焦虑和不满,也传达了他对混乱现实的无奈。

从差距出发,余华不断地呈现了当今现实生活中的各种错位、混乱和荒诞,虽然他的内心饱含了焦灼与疼痛,却又找不到任何疗救的秘方,所以,他只能在叙事上动用一种反讽与嘲解的方式,对现实进行无奈的解构和嘲讽。当然,对当下现实进行解构性的表达,在20世纪90年代的一些短篇小说中,余华就已经初露端倪。像《女人的胜利》《蹦蹦跳跳的游戏》《在桥上》《空中爆炸》《阑尾》等作品,在表现当时的男女情感或婚姻生活时,都体现了余华对现实人性的无力抗争和冷嘲热讽。现在,无论是《兄弟》还是《第七天》,它们所透露出来的,依然是作家对现实的无奈、反讽和解构。譬如,李光头就是一个非常典型的解构者形象,无论是"文革"中通过看女人的屁股换取面条,还是在众人面前时常摩擦电线杆,都是为了解构那个禁欲时代的荒诞伦理和人性的扭曲。在《兄弟》下部中,余华对于20世纪90年代经济发展和利益驱动所引发的欲望狂潮,更是使尽了力气进行嘲讽和解构,他让李光头赢得了巨大的成功,却最终成为一个自我阉割的孤家寡人。这是一个彻头彻尾的解构者。《第七天》中的杨飞也是一个现实伦理的解构者。他从阴间不断地往阳间走,两条铁轨不断地向记忆深处延伸,他不停地返回现实,想要看到什么?他渴望看到现实内部的各种真实景象,即那些被我们日常生活信息掩盖了的各种真相。遗憾的是,这些真相只有在死者那里才得到印证。这种叙事策略,无疑也体现了作者对现实秩序的一种反讽与解构,其背后渗透了余华的某种焦虑、愤懑和无奈之情。早些年,余华曾让福贵、许三观等人物对现实进行不断的抗争,可是10多年以后,余华发现,这个现实依然沉重地摆在我们面前,而且越来越荒诞、越来越不可思议,于是,他开始走向解构和反讽。

值得注意的是,在《兄弟》和《第七天》中,余华依然融入了不少回忆性的叙事。而且,小说一旦进入回忆性的时空,叙事便洋溢着某种人性的温暖、亲情的温暖。在《兄弟》中,宋凡平与李兰的结合虽然备受人们的羞辱,但他们一家四口始终相亲相爱;宋凡平死于非命后,李兰毅然挑起家庭的重担,给李光头和宋钢两兄弟提供一个温馨的避难所;李兰遭遇不幸之后,作为孤儿的李光头和宋钢,依然能够在别人的冷眼中相濡以沫地成长。与那个时代众多家庭成员因为政治立场的冲突而相互出卖、彼此伤害相比较,这个家庭却充满了爱的力量。《第七天》中的杨飞也是如此。作为一个社会底层的平民,他无疑是一个巨大的幸运者。从火车上掉下来,他母亲不是想把他扔掉,而是像其他母亲一样千方百计地寻找他;被养父捡回来之后,他又被精心抚养,同时还受到邻居阿姨的精心呵护。虽然杨飞在成长过程中缺衣少食,但从未缺爱和关怀,一直到他工作成家,都没有缺少爱的滋养。这些回忆性的叙事,不仅为余华后期的小说增添了浓郁的情感基调,闪烁着人性之光,也使它们在对现实的批判中,明确地展示了创作主体的价值立场和道德情怀。

我们之所以强调,要想真正理解余华的《兄弟》《第七天》等后期小说,就必须阅读他的《十个词汇里的中国》,是因为这部随笔集很好地展示了余华对中国现实社会的真切思考和真诚体悟。在这部随笔集里,余华曾这样写道:"这个世界上可能再也没有比疼痛感更容易使人们互相沟通了,因为疼痛感的沟通之路是从人们内心深处延伸出来的。所以,我在本书写下中国的疼痛之时,也写下了自己的疼痛。因为中国的疼痛,也是我个人的疼痛。"[1]的确,当余华借助嘲讽和解构的叙事策略,不断逼近当下的中国现实时,他的内心充满了无奈和伤痛。那是一种对正常人性、人间

---

[1] 余华:《十个词汇里的中国》,台湾麦田出版社2011年版,第313—314页。

亲情和人道伦理的召唤,也是对中国社会未来发展的热切期许。"我希望能够在此将当代中国的滔滔不绝,缩写到这十个简单的词汇之中;我希望自己跨越时空的叙述可以将理性的分析、感性的经验和亲切的故事融为一体;我希望自己的努力工作,可以在当代中国翻天覆地的变化和纷乱复杂的社会里,开辟出一条清晰的和非虚构的叙述之路。"[1]沿着这条"清晰的和非虚构的叙述之路",我们看到,余华的思想之箭一直在试图瞄准一个重要的目标——当下的、中国的,现实生存,或人性面貌。与此同时,余华又通过虚构的世界,传达了作家对这种现实的质询和反思。

从无视现实的反经验性写作,到对现实记忆进行经验性的重组,再到对混乱现实进行无奈的解构,三十多年一路走来,余华始终在艰难地调整自己的创作路径。这并不是因为他的不成熟或不自信,而是因为他的精神深处一直承受着现实的折磨。他渴望有效地回应现实的疼痛,写出一部能够体现中国经验的优秀之作,为此,他不得不始终行走

---

[1] 余华:《十个词汇里的中国》,台湾麦田出版社2011年版,第10页。

在自我超越与反叛的路途上。在中国当代文学中,能够如此自觉、如此勇敢地进行执着调整的作家,其实并不是很多。

第二章 论余华的"少作"

一个作家的童年生活,决定了其一生创作的内在基调。因为童年生活保存了一个作家对世界的最初记忆,并对他此后的内心认知图式构成了某些潜在的规约。在文艺心理学中,这已成为共识。余华也曾由衷地说道:"我只要写作,就是回家。"[1]其实,一个作家的早期创作,也像作家的童年生活那样,隐含了作家此后创作的某些内在基调。但这个问题似乎很少被学界认真地思考或研究,也没有获得作家们应有的呼应。在《集外集》的序言中,鲁迅曾对这个问题进行过回应。在他看来,"中国的好作家是大抵'悔其少作'的,他在自定集子的时候,就将少年时代的作品尽力删

---

[1] 余华:《我能否相信自己——余华随笔选》,人民日报出版社1998年版,第251页。

除,或者简直全部烧掉。我想,这大约和现在的老成的少年,看见他婴儿时代的出屁股,衔手指的照相一样,自愧其幼稚,因而觉得有损于他现在的尊严,——于是以为倘使可以隐蔽,总还是隐蔽的好"[1]。余华有没有"悔其少作"的心理,难以确认,但他每次编选各种文集,确实都将"少作"剔除在外,致使很多人并不清楚余华早期创作的整体情况,也未能从这些早期作品中探究其创作的内在基调。

一

一般人都将短篇《十八岁出门远行》视为余华的处女作。尽管余华在回忆自己的写作经历时,曾多次提及他此前就在《北京文学》发表过小说,并获得了该杂志的优秀作品奖,但余华确实从未将《十八岁出门远行》之前的小说收录到任何作品集中。实际上,在此之前,余华一直在父亲为他准备的一间临河的小房间里狂热地进行小说创作,发表了16篇短篇小说,是当地文学青年中的佼佼者,也是浙江文坛小有名气的青年作家,并参加了1985年的浙江省第三

---

[1] 鲁迅:《集外集·序言》,《鲁迅全集》第7卷,人民文学出版社1981年版,第3页。

次作家代表大会。这16篇短篇,主要集中发表在1983年至1986年之间,分别是:

《第一宿舍》,《西湖》1983年第1期;

《"威尼斯"牙齿店》,《西湖》1983年第8期;

《鸽子,鸽子》,《青春》1983年第12期;

《星星》,《北京文学》1984年第1期;

《竹女》,《北京文学》1984年第3期;

《甜甜的葡萄》,《小说天地》1984年第4期;

《男儿有泪不轻弹》,《东海》1984年第5期;

《月亮照着你,月亮照着我》,《北京文学》1984年第4期;

《老邮政弄记》,《青年作家》1984年第12期;

《男高音的爱情》,《东海》1984年第12期;

《几时你能再握这只手》,《小说天地》1985年第3期;

《人生的线索》,《文学青年》1985年第12期;

《三个女人一个夜晚》,《萌芽》1986年第1期;

《老师》,《北京文学》1986年第3期;

《表哥和王亚亚》,《丑小鸭》1986年第8期;

《小镇很小》,《萌芽》1987年第11期(署名寒冰)。

这些早期小说,除了笔者查证的8篇之外,另外8篇由李立超、孙伟民等青年学者进行了补充查证,并分别撰文进行了详细的考释①。其中,署名"寒冰"的短篇《小镇很小》虽然没有得到余华自己的首肯,但鉴于其对"少作"的一向回避,且此作最初发表于《海盐文艺》,以及它的反讽性叙事特征,基本可以判断出于余华之手。当然,无论余华出于何种想法不收录这些作品,都不意味着它们没有研究价值。因为一个作家最初的创作,虽不一定成熟,但从文艺心理学的角度,可以发现他认知世界的方式、情感态度以及某些特有的审美气质。也就是说,它就像作家的童年生活那样,或多或少隐藏了作家主体中某些不易改变的精神图式。事实上,在细读这些早期作品时,我确实常常感受到余华后期创作中一直存在的某些重要基质。它深植于作家主体的内心深处,以自觉或不自觉的方式,贯穿在余华的整个小说创作中,无论其先锋小说还是后来的现实书写,都有较为明确的体现。

余华早期小说大多聚焦于现实生活,但并不专注于某

---

① 见李立超《小世界与出门远行——新发现余华小说、散文考论》(《中国现代文学研究丛刊》2020年第8期)和孙伟民《余华早期创作情况及笔名再考察》(《中国现代文学研究丛刊》2021年第5期)。

个单一的现实领域,而是像堂吉诃德那样东奔西走,四面出击。有的涉及工厂企业改革,像《男儿有泪不轻弹》《男高音的爱情》;有的专注于青年人的学习生活,如《第一宿舍》《人生的线索》;有的则涉足男女情感,像《表哥和王亚亚》《月亮照着你,月亮照着我》《鸽子,鸽子》;有的又书写童年成长,如《星星》《甜甜的葡萄》;有的则反思小镇中的"文革"生存,像《"威尼斯"牙齿店》;还有的直接叙述日常生活中的观念冲突,如《老邮政弄记》《小镇很小》……在这些作品中,余华仿佛是一位天真的少年,对各种生活都怀抱好奇,对各种现实都充满冒险、探索和表达的欲望。我们从中既可以看出余华对于现实生活的敏锐与警惕,也能够发现他对现实生活的独特观察——通过特殊的视角、传奇性的人物,打破常规化的生活经验,使叙事大量地融入各种异质性的成分。

譬如,《男儿有泪不轻弹》《男高音的爱情》分别叙述了两位极具个性的年轻厂长。前者塑造了一位看似吊儿郎当,实则雷厉风行的年轻厂长,他致力于改造服装厂的内外环境,深入各大城市了解时装款式,成功地将服装厂带到市场前沿。当老厂长将接力棒交给他时,他自信满满,结果在就职大会上只说了两句话,一句是"昨天晚上,我哭了",继而又说了一句"男儿有泪不轻弹"。这两句颇有张力的"就职演说",将人物极为丰富的内心展现得淋漓尽致,且又耐人寻味。后者则叙述了一位大嗓门的年轻厂长史明成,他性格粗率,嗓门高,又不谙风情;工作风风火火,却对两性情感一窍不通,结果厂里一位女工巧妙地以柔化刚,终于让他感受到爱情的美妙。如果将这两部小说放在1984年前后的"改革文学"语境中,可以看出余华作为一个初学写作者的特别之处:他不仅游离了有关改革者的英雄化叙事模式,绕开了保守与变革的普遍冲突形态,将改革者还原成一个个鲜活率真的青年,还立足于人性的某些个性甚至是内在缺陷,让叙事反复盘旋其中,或化粗暴为温情,或化刚烈为柔软,别有意味。

在《"威尼斯"牙齿店》里,余华叙述了一个叫老金的牙医,他"带着几把拔牙钳、几把镊子离开公社卫生所",来到一个三县交界、极为偏僻的江南水乡——秀水村。这是一个静谧的小村,"二百年来这儿从未有过人仰马翻、头破血流的事。太平天国、辛亥革命、军阀混战……都没有影响过秀水村"。然而,带着普希金诗集的老金来到这里之后,一边努力写诗,一边却悄悄地改变着小村,这让村民颇为不爽。后来老金突然消失了一段时间,再回到秀水村时,却带着五位红卫兵干将,将老房东阿王一顿暴打,结果村民们在老太爷的带领下,赶走了老金等造反派。不久,当老金在派系斗争中满身伤痕地溜回秀水村时,阿王的女儿和村民们还是收留了他,并让他安详地生活在这个宁静的小村。作为一种"文革"记忆的叙事,余华并没有延续当时反思文学的叙事思维,而是从容地演绎了秀水村忠厚仁义的传统伦理,展示了安静平和、包容外人的乡村生活,让血腥暴力作为一个小小的插曲,通过老金恩将仇报的行为,隐喻了特殊历史给人们心灵带来的扭曲。老金就像鲁迅笔下的阿Q,认为凭借几个小干将和自己的喊叫,可以轻松地统治秀水村,结果被历史碾压得头破血流。而秀水村则以深厚的传统伦理和人性内在的善良,容纳了这个扭曲的灵魂。

在早期小说中,余华一直游走在现实的各个角落,用好奇的眼光、敏锐的感知力和有限的经验,全身心地去打探并理解这个世界。在早期的一篇创作谈中,余华真诚地说道:"我现在24岁,没有插过队,没有当过工人。怎么使劲回想,也不曾有过曲折,不曾有过坎坷,生活如晴朗的天空,又静如水。一点点恩怨,一点点甜蜜,一点点忧愁,一点点波浪,倒是有的。……我何尝不想有托尔斯泰的视野,加西亚·马尔克斯的气派?可我睁着眼睛去看时,却看到一个孩子因为家里来客人,不是他而是父亲去开门时竟伤心大哭;看到一个在乡下教书的青年来到城里,是怎样在'迪斯科培训班'的通知前如醉如痴。我是多么没出息,我又何尝不想有曲折坎坷的生活?但生活经历如何,很难由自己做主,于是我只能安慰自己:曲折的生活有内容,平静的生活也是有内容的。"[①]这段话虽然强调了作家个人生活与创作视野之间的关系,对虚构文学的理解还有些经验化的依赖,但也透露了余华对日常生活和惯常经验的敏感,自觉地意识到从平静而又庸常的生活中,发掘"一点点恩怨,一点点甜蜜,一点点忧愁,一点点波浪"同样也是文学创作的重要元素。所以,无论是《第一宿舍》里几位舍友的无序生活,《老邮政弄记》里拉二胡的老张面对吉他的失落,还是《表哥和王亚亚》中哑巴表哥的执着爱情,《月亮照着你,月亮照着我》里少女蓝蓝的纯洁恋情,都透露出作家对人性

---

① 余华:《我的"一点点"——关于〈星星〉及其他》,《北京文学》1985年第5期。

和人情之美的赞许。从叙事上说,这些作品大多通过人物在现实生活中的错位来推动故事情节的变化,在强劲的叙事张力中,展示人物命运的某些传奇倾向。同时,有些作品还体现了余华在叙事上的实验意愿,如《三个女人一个夜晚》就是借助对话来完成整个叙事,《月亮照着你,月亮照着我》则始终以蓝蓝的内心意绪作为叙事的内驱力,而《几时你能再握这只手》却标明"散文体小说",颇有些汪曾祺的余韵。

尽管余华后来的创作不断出现变化,由激进的先锋实验,走向充满苦难的现实关怀,后来又转向对现实与历史的传奇化书写,但是,如果透过这些外在的变化,沉入作家的主体精神结构中,细细爬梳其内心深处对于世界的认知图式与情感表达,我们依然可以看到某些一以贯之的特质。通读余华早期发表的 16 部小说,可以将这些特质大致归纳为三个主要方面:关注人物内心的柔软,聚焦现实生存的错位,擅长戏谑性的反讽式叙事。

二

任何作品的背后,都存在着一个隐含的作者。这个隐含的作者虽然没有具体可感的形象,但他会通过作品中的人物及相关情节的安排,传达作家自身的道德情怀和价值立场。托尔斯泰就曾说过:"对于读者来说,任何艺术作品中最主要、最有价值而且最有说服力的乃是作者本人对生活的态度以及他在作品中写到这种态度的一切地方。艺术作品的完整性不在于构思上的一致性,不在于对人物的加工等等,而在于渗透在整个作品中的作者本人对待生活的态度方面的明确性和固定性。"[1]余华的早期小说,表明他始终关注普通人物内心深处的柔软。这种柔软,有时是人们在苦难生存中秉持的温情,有时是人们在落寞情绪里的怀想,有时又体现为人们在情感上的包容和退让,有时则表现为人物内心朴素而富有诗意的遐思。它构成了余华创作的重要底色,折射了他对于现实生活的认知方式和情感态度——坚信纯朴、友善、坦诚、温情、慈悲等这些人性品质,是人们赖以活着的重要支撑,也是人们对抗一切世俗苦难的坚实依靠,并从主体情感上反映了余华对于普通生命的理解和尊重。

---

[1] 《同时代人回忆托尔斯泰》(下册),周敏显、吴克礼、朱宾贤、李良佑译,上海译文出版社 1984 年版,第 186 页。

余华在最初的创作中便确立了"小叙事"的故事格调,力图从"小叙事"中巧妙地展示大历史和大时代。这种以小搏大的叙事策略,让余华从容地立足于日常生活内部,发掘并彰显人性内在的柔软,使那些看似微不足道的生命之光,自然而然地点亮极度艰难或平庸乏味的现实生活。如《老邮政弄记》里,忙碌一天的邻居们每天都会坐在巷口聊聊家长里短,听老张拉几曲二胡。但几个青年学生暑假带回了吉他。于是,一种时尚气息和现代观念迅速改变了邮政弄的日常,也让老张的二胡相形见绌。余华从老张的失意中突显了改革开放对人们日常生活方式的冲击——当邻居们由衷赞叹吉他确实很好听、声音很软时,"老张听到这些话,他悄悄地回到屋里,掩上门,又轻轻关上窗,然后躺在床上"。老张是失意的,但这种失意折射了时代的变化,而且这种变化颇受邻居们的认同。对于普通百姓来说,社会的变革并非狂风巨浪,而是以看似不经意的柔软,渗透在人们的日常生活中。《鸽子,鸽子》叙述了两位青年眼科进修医生在海边散步时,意外碰见一位美丽而忧郁的少女在放飞两只鸽子,他们由最初的好奇、兴奋,乃至少许的暗恋,到后来发现少女有斜眼症之后,巧妙地向她传递斜眼矫正手术的信息,再到后来少女手术成功后的明媚生活,虽无一波三折,但始终洋溢着某种道义上的关怀。这种关怀,夹杂着几分爱恋和幻想,随着两只鸽子在海天之间自由地飞翔,充满了诗意的柔情。《第一宿舍》叙述了来自天南地北的四位进修医生同住一舍,性格和生活方式的不同,引发了各种矛盾和纠葛。但是,小说通过毕建国的英年早逝,让我们看到,无论是毕建国对失踪妹妹的思念、对医术专业的认真、对病人误诊的关注,还是他死后舍友们对他的各种眷恋,处处浸润了创作主体的怜惜和敬畏。这种至纯至真的柔情,使这几个情感粗糙的男青年无疑经历了一场生命的洗礼,也使我们强烈地感受到利维斯所说的作家对于道德关系和人性意识的"兴味关怀"。

柔软也是一种力量。它常常以滴水穿石的方式,顽强地敲开某些人性的痼疾,让人们重新审视生活的"兴味"之所在。在《"威尼斯"牙齿店》里,老金虽然对秀水村的世俗伦理发动了一次次攻击,但秀水村最后还是用无限的宽容和关爱,收留了孱弱颓败的他,使他享受着田园般诗意的余生。《男高音的爱情》里的史明成,虽然是一个言行果断、生活粗糙、不解风情的硬汉厂长,但是一位青年女工通过她那充满智慧的、执着的柔情,最终打开了史明成的心扉,使"两人一起往前走了"。《男儿有泪不轻弹》中的青年厂长,之所以在就职演说中说哭了,不是因为工作的困难,而是因为老厂长的无限信任和关爱,让这个行事刚烈的青年,深切地体会到了柔软的内在之力。在《甜甜的葡萄》中,五岁的小刚刚用自己纯洁的童贞,最终让自私的徐奶奶"眼圈慢慢红起来了"。《三个女人一个夜晚》中的三位中年妇女,毅然放下各种家庭日常生活的重负,踏上了"去杭州"的路途。为了省钱,她们需要在小站找昔日的同学搭乘货车,在等车的漫长过程中,她们都慢慢打开了各自的心扉,既有对美好青春的眷恋,又有对杭州西湖的向往。在坚硬而贫乏的现实生活面前,韶华已逝的她们依然心怀一份浪漫。或者说,正是这种内心深处充满诗意的浪漫怀想,使她们获得了对抗粗鄙生活的毅力。《竹女》讲述的是旧社会的苦难生活。无论是竹女的父女之间,还是鱼儿的一家三口,以及在鱼儿和竹女成亲之后,生活从来没有宽待过他们,他们始终深陷在困顿之中。但他们相依为命,处处深爱着对方。正是这种源于内心的体恤、包容和谦让,使他们在贫穷面前无法被击倒,更无法被毁灭。从某种角度来说,《竹女》就是一个压缩版的《活着》,因为两者都是通过家庭内部天然而浓厚的温情,呈现了活着的柔韧与顽强。从《竹女》中,我们可以发现余华对于家庭伦理所秉持的无比柔软的特殊情感,这是一种聚合了中国血缘传统、家庭伦理和代际牺牲的至亲之情,在《许三观卖血记》《兄弟》《第七天》《文城》中,都构成了极为坚实而深厚的人性底色。

余华早期小说中的这种柔软底色,同样也或隐或显地盘桓在各种先锋叙事之中。不错,如果从表面上看,余华先锋小说中遍布了血腥、暴力和冷漠的情节,甚至人们认为他的血管里流出来的不是血,而是"冰碴子",似乎柔软已被他彻底抛弃或颠覆,甚至消解得一干二净。但细细品读那些充满血腥的先锋之作,我们仍然可以看到作家内心的柔软底色。像《十八岁出门远行》里,面对村民们突如其来的抢夺,司机并没有做出暴力对抗。他仿佛是局外人,带着某种围观者的姿态,面对这个无序的现实。《西北风呼啸的中午》里的"我",被莫名地带去为一个陌生人守灵,同样也不曾反抗,而是默默地履行所谓的职责。这一点,可以从他最具暴力和血腥的《现实一种》《一九八六年》中,得到更具体的印证。

《现实一种》叙述了兄弟之间的轮番伤害。哥哥山岗的儿子皮皮无意中摔死了襁褓中的堂弟,结果弟弟山峰一脚踢死了侄儿皮皮,山岗遂用狗舔脚板的方式害死了山峰,而山峰的妻子又伪装成家属将枪决后的山岗尸体送上了器官捐献手术台,不少细节场景确实令人惊悚。但是,值得注意的是,余华在小说中花费了巨大的篇幅详细叙述了山峰踢死皮皮后的心理。刚开始,山峰还强装镇定,吃着午饭,但吃着吃着,他便"吃得气喘吁吁了,额头的汗水也往下淌。他用手擦去汗珠,感到汗珠像冰粒"。随后,余华又详细叙述了山岗拉着两个小孩火化的过程,此时的叙事视角转向了山峰,通过他事后完全模糊的记忆,表明其已处在魂不守舍、精神近乎崩溃的状态。当山岗开始复仇时,他发现"山峰看到他进来后就一屁股坐在了床上,那身体像是掉下去似的",并意识到"山峰完全垮了"。接着,当山岗实施复仇计划时,山峰终于道出了自己的内心状态:"其实昨天我很害怕,踢死皮皮以后我就很害怕了","我很害怕,最害怕的时候是递给你菜刀"。为什么余华要花费如此奢侈的笔墨,详细叙述山峰内心的崩溃过程?这只能说明,作家内心更侧重于对人物非理性的暴力与罪的自我惩罚。也就是说,创作主体的背后,其实有着强烈的道德律令在支撑叙事,而不仅仅是暴力本身的血腥。换句话说,《现实一种》并不是为了呈现非理性的人性所引发的暴力奇观,而是要借助这个暴力奇观,揭示人们在施暴之后回到理性层面的脆弱与柔软。

《一九八六年》无疑是一篇充满了隐喻意味的抽象之作。余华融合了非理性、幻觉、心灵感应、写实等叙述方式,在多重视角的不断转换中,传达了历史与遗忘的重要问题。疯子作为一个历史不幸的沉重符号,被余华以各种自戕的方式展示出来,这本身就表明了作家对于渐行渐远的历史苦难的担当,折射了他对个体之人的坎坷命运的深切体恤。更重要的是,在这部极为血腥的小说中,有四分之三的篇幅其实都是在叙述日常生活,尤其是疯子妻女的生活。当疯子还是历史教师时,他们一家三口温馨祥和,妻子"梳着两根辫子,而且辫梢处还是用红绸结了两个蝴蝶结",女儿还在襁褓中,丈夫则冷静地保护着妻女,尽最大努力应对混乱的现实。当历史教师被带走而杳无音讯之后,妻子改嫁,新的家庭依然充满温情,继父努力呵护着这对母女,使女儿的成长没有受到任何伤害。最令人动容的是,妻子变卖家里的废品,发现了前夫写下的纸张,立刻尖叫起来并当场晕厥;当疯子回到小镇的时候,曾经的妻子立刻感受到熟悉的脚步声,甚至不断在幻觉中看到他饱受伤害的形象,以至于陷入漫长的惊恐之中而无法进入正常的生活。即便如此,她的现任丈夫依然无怨无悔地保护着她们。

余华为什么要在叙述疯子自残之外,花费大量笔墨来突出家庭生活的温暖?已成为他人之妻而且生活颇为温馨的母亲,为什么有着如此强烈而准确的内心感应?围绕这些问题,我们只要回到整体上来把握这部小说,就会明确地感受到血腥叙事背后的作家情感底色,特别是作家对个体赖以生存的家庭亲情的体恤性书写,这表明创作主体的内心充满了人性的柔软。即使不幸的历史已经过去了十年,但是,在对这一沉重历史表达生命应有的关怀时,余华依然不忘激活人间最温暖的亲情,传达对记忆的永难遗忘。事实上,在《死亡叙述》《河边的错误》《鲜血梅花》《祖先》等一些暴力和血腥场景较为突出的小说中,都蕴藉了作家对这种柔软人性的深切关怀。

这种作家主体的情感底色,在《在细雨中呼喊》中更显突出,几乎成为叙事的高光。应该说,这是一部有关孙光林等一代人成长记忆的小说,孤独、恐惧、无助和猝不及防的劫难,构成了孙光林等人成长的精神主脉。但是,他们之所以没有被现实摧毁,没有被各种突如其来的不幸压垮,就在于他们拥有一些极为珍贵而无私的友情,像孙光林与国庆、冯玉青和她的儿子鲁鲁,以及苏氏兄弟之间无私的友情。可以说,正是这种友情,帮助孙光林等人在一次次人生错位中度过了劫波,也使他们在相互体恤之中完成了艰难而凌乱的成长。这种友情,既是人物心灵彼此呼应的产物,也是作家内心人性之光的折射。到了《活着》,我们会看到,在福贵漫长的回忆中,最感动人的,其实并不是苦难本身,而是福贵的家庭自始至终都洋溢着浓厚的伦理温情,无论是母亲和妻子,还是儿女和女婿,都很"懂事",彼此相爱,乐于牺牲,充满了人间至纯至善的亲情。《兄弟》《第七天》《文城》也都是如此。它们所隐含的作家主体情感,其实就是柔软,就是对仁义礼智信等伦理温情的不自觉的张扬。

在《小说修辞学》中,布斯曾集中讨论了"小说中作者的声音",并列示了作者介入小说叙事的诸多方式和特征,包括"提供事实、'画面',或概述""塑造信念""把个别事物与既定规范相联系""升华事件的意义""概括整部作品的意义""控制情绪""直接评论作品本身"等等①。布斯以强大的实证性分析,表明了在任何小说叙事中,都必然地隐含了作者自我的认知方式、情感立场及其价值观取向。他甚至明确地表示,"一位作家负有义务,尽可能地澄清他的道德立场"②。余华早期作品中所蕴藏的这种主体情感底色,几乎贯穿了他的整个创作,也体现了作家在小说中的"声音"。可以说,这种柔软的心性,植根于余华的内心深处,成为作家主体精神结构中最坚实的道德支撑,也构成了他对现实的情感态度和认知图式,所以常常会自觉或不自觉地显露在各种作品之中。

三

现实是坚硬的。尤其是20世纪80年代前期,在改革开放的社会背景下,受东西方各种文化思想的冲击,人们的生活方式和生存观念都在发生急剧的变化。在这种新旧文化的不断纠缠中,原有的稳定性社会结构形态都变得难以

---

① [美]韦恩·布斯:《小说修辞学》,华明、胡晓苏、周宪译,北京联合出版公司2017年版,第159—193页。
② [美]韦恩·布斯:《小说修辞学》,华明、胡晓苏、周宪译,北京联合出版公司2017年版,第362页。

维系,就像《老邮政弄记》里大学生带回来的吉他,让老张的二胡自然而然地退避三舍。当余华对这种纷杂的现实保持着特殊的"兴味关怀"时,从本质上说,很难有柔软的情感或人性的伸展空间。有意思的是,余华还是找到了一条适合自己的表达途径,就是通过对现实生活的错位性表达,为创作主体内心深处的柔软找到了抒写的空间。这种张力性的叙事处理,并非仅仅是一种叙述技巧,它还是余华内在情感驱动后的叙事选择,因为"无论在生活的哪一方面,只要我们说话或写东西,我们就会隐含我们的某种自我形象,而在其他场合我们则会以不尽相同的其他各种面貌出现"[①]。

所谓错位,通常是指离开或者失去原来的或应有的位置,破坏了常规。在现实生活中,人的主观意愿与现实秩序产生矛盾或冲突,这不叫错位。但是,人们如果仍然要顽固地坚持自己的主观意愿,让自己的生活和命运不断脱离现实应有的轨道,就可能出现错位。错位不断加剧之后,便会引起荒诞。事实上,大量现代主义小说之所以显得荒诞不

---

① 申丹:《何为"隐含作者"?》,《北京大学学报》(哲学社会科学版) 2008年第2期。

经,就在于人物坚守自己的主观意愿,并与现实背道而驰,像卡夫卡的《饥饿艺术家》中的艺术家,把自己关在笼子里,拒绝别人投喂的食物。在余华早期的小说中,虽然错位并不是特别突出,但也是一种普遍性的存在,并构成了其叙事的主要张力。它体现了余华在直面现实生活时,不仅高度关注其中反经验的异质成分,还突出这种异质性背后人物难以割舍的柔软。像《男儿有泪不轻弹》中的年轻厂长,总是我行我素,不在乎一切,但在与老厂长的相处中,耳濡目染,他虽然看到了老厂长的思想和眼光之不足,但也深切地体会到老厂长的敬业、宽厚和信任。老厂长所拥有的这种执着、宽厚和信任,正是年轻厂长所缺乏的,由此击中了年轻厂长的柔软内心,使他向全厂职工坦言自己"哭了"。

在《第一宿舍》中,这种错位主要是源于毕建国的不合群。而毕建国的不合群,不只是他喜欢抽烟,对专业一丝不苟,以及对各种误诊案例认真总结,还在于他对自己内心隐痛秘而不宣,尤其是对失踪妹妹小棠的怀念,导致他将自己所养的那盆海棠视若生命。而这些,都与小林、陕西人和"我"的玩世不恭构成了生活习惯上的错位。正是这种错位,使毕建国的病逝及其遭遇,让三位室友的内心备受震撼,也让我们看到"第一宿舍"中所散发出来的人性之光,柔软而又纯厚。《三个女人一个夜晚》通过三个中年妇女打算悄悄结伴去杭州的对话,展示了她们各自生活的错位,包括年轻时的恋爱、到杭州大串联时的各种窘事等等,传达了她们之所以毅然放下家庭俗事去杭州,是为了认真地看一眼西湖,玩一下六和塔,那里有年轻时浪漫的梦想,而这些梦想依然牢牢地盘踞在她们的内心。《星星》《甜甜的葡萄》虽然属于成长小说,但也是通过各种错位,形成了叙事的潜在对抗,并最终以纯朴善良的人性消解了某些狭隘和自私。从各种日常生活的缝隙中,余华总是能够敏锐地发现一些小小的错位,然后慢慢放大它们,使之构成或隐或显的叙事张力,从而为柔软的出场提供各种必要的空间。

但错位带来的突出问题,便是荒诞。"荒诞"原本是一个音乐词语,是指乐曲的不和谐、不协调,后来引申为人与人或者人与现实之间不可沟通、不合情理、不合逻辑、不可理喻。一个人的主观意愿或生存际遇与现实秩序之间形成巨大反差,导致不可沟通、无法协调的境况,我们通常称之为"荒诞"。在文学实践中,像表现主义、存在主义、荒诞派戏剧、黑色幽默等西方现代主义文学,因为都集中表现了人类存在的巨大错位,所以我们通常也称之为荒诞作品。用存在主义的定义来说,荒诞在本质上就是存在的无意义,即人无法从现实秩序中获得其内心所确定的意义。尤涅斯库认为:"荒诞是指缺乏意义……在同宗教的、形而上学的、先验论的根源隔绝后,人就不知所措,他的一切行为就变得没有意义,荒诞而无用。"[①]如果一个人深切地感受到自己追求的意义在现实中永远也无法实现,那么其内心形成的荒诞感便会十分强烈。在余华早期的创作中,作家主要追求人物生存的某些特殊意义,所以由错位引发的各种荒诞感并不明显,只有《"威尼斯"牙齿店》比较突出,因为老金一心想借助外在的力量改变秀水村,结果反而被秀水村同化了。

随着余华进入先锋实验,尤其是他自觉追求主观化的内心真实,现实的错位性书写开始迅速演变成荒诞性表达。像《十八岁出门远行》《西北风呼啸的中午》《死亡叙述》《四月三日事件》《世事如烟》等作品,都是以人物的非理性状态,不断展示了个体生存与现实社会之间的脱节、游离和

---

① 伍蠡甫主编:《现代西方文论选》,上海译文出版社1983年版,第358页。

不可协调,有时甚至还体现了人的存在的无意义,如《鲜血梅花》就是让一个手无缚鸡之力的少年,背着一把绝世名剑,在茫茫人海里寻找从未见过的杀父仇人。这种反逻辑、反理性的人物行动,从一开始就显得荒诞不经,直接呈现了个体之人与现实伦理之间的严重分离,就像加缪所说的那样:"一个能用理性方法加以解释的世界,不论有多少毛病,总归是熟悉的世界。可是一旦宇宙中间的幻觉和照明都消失了,人便自己觉得自己是陌生人。他成了一个无法召回的流放者,因为他被剥夺了关于家乡的记忆,而同时也缺乏对未来世界的希望;这种人与他自己的生活分离,演员与舞台分离的状况真正构成荒诞感。"[1]人与自我应有生活之间的分离,这既是余华对现实错位书写的进一步深化,也是其先锋小说的突出特征。

但从《在细雨中呼喊》开始,余华又逐步从抽象的生活和非理性的人性表达中抽身出来,再度面向现实生活。这一时期,余华小说中的荒诞开始回到以错位为主,像《在细雨中呼喊》里,无论是孙广才家、王立强家、国庆家、苏宇家,

---

[1] [法]阿贝尔·加缪:《西西弗的神话》,杜小真译,生活·读书·新知三联书店1987年版,第6页。

还是冯玉青母子,都充满了无数因现实而引发的错位,小到人性伦理,大到命运变迁,悲欢离合,层出不穷。《活着》同样如此。在福贵漫长的回忆中,一个个命运的转折,一次次亲人的死亡,聚合了无数的历史意志,但最终都化为普通平民的血泪生存。从整体上看,福贵无疑是天下最不幸的人,几乎所有的亲人都离他而去,但从福贵的叙述中,我们又仿佛看到他是天下最幸福的人,因为他的生命情感全部浸润在家庭的伦理温情之中。这种因现实而带来的种种生存错位,使他在个体生存与历史命运所形成的巨大张力中,不得不回到"为活着而活着"的生命原初状态。严格地说,这种状态就是一种荒诞,就像柳鸣九所说的那样:"在他们那里,荒诞感已从一般的历史社会范畴上升到人类存在的范畴,从一种批判意识发展成为一种彻悟意识;在他们那里,荒诞并不仅仅在于社会现实中的事物,还在于人的整个存在,在于人的全部生活与活动。"[1]在与历史的漫长抗争中,福贵用自己的整个生存,表明了活着仅仅是为了活着,所有的受难也只是为了活着本身。《许三观卖血记》也是建立

---

[1] 柳鸣九主编:《二十世纪文学中的荒诞》,湖南教育出版社1993年版,第2页。

在一系列不断错位的社会或家庭伦理之中。一次偶然的故乡之行,让许三观踏上了漫漫的卖血之路,并因卖血而娶妻生子,又因为一乐的血缘关系,深陷伦理困境之中。许三观之所以成为一个世俗的英雄,就在于他以最真实、最普通的人性,成功地扮演了父亲和丈夫这两个不断出现错位的艰难角色,并让家庭获得了最终的幸福和圆满。至此之后,余华还创作了一大批短篇,包括《他们的儿子》《我没有自己的名字》《空中爆炸》《女人的胜利》《我为什么要结婚》等等,在这些直接关注日常现实生活的短篇里,各种错位几乎构成了叙事的主要张力,与余华早期的作品极为相似,只不过叙事语调上更加突出戏谑性的反讽力度。

值得注意的是,余华对这种现实生活的错位性表达,到了《兄弟》《第七天》等作品里,开始向传奇方向发展。也就是说,当余华重返理性化、经验化的现实生活时,在经历了诸多长篇和短篇的实践之后,他开始自觉放大人物生存的各种错位镜像,让他们在"反错位"的传奇化生活中,撕开各种现实生活的错位本质,呈现现实本身的剧烈变化所带来的荒诞。像《兄弟》里的李光头就是一个极为典型的形象。作为一个社会底层的小混混儿,李光头既无必要的文化知识储备,又没有深厚的家庭背景,全凭自己的机敏、义气,加上无赖式的生存法则,将自己的欲望演绎得风生水起,并最终成为刘镇的首富。这种传奇性的人生命运所折射出来的,并不是"识时务者为俊杰",而是失序的现实与失范的欲望之间所形成的奇妙共振。也就是说,李光头的传奇人生,传达了余华对于吊诡现实的一种批判性理解。《第七天》同样如此。杨飞频繁穿梭于阴阳两界,执着地寻找相濡以沫的养父,并意外地在阴间遇到一个个屈死的亡灵。这些亡灵活着的时候总是饱受伤害,遭遇各种意想不到的错位人生,他们死后来到"死无葬身之地",却都充满了欢乐、平等和祥和。杨飞的人生经历(包括成长经历)无疑是传奇的,但传奇并不是叙事的目标,而只是余华表达现实的一种方式。也就是说,余华是想通过杨飞的传奇性命运和他的所见所闻,展示作家对于各种近乎荒诞的现实的看法。《文城》虽然将叙述的眼光投向了历史,但人物的命运更具传奇,诚如丁帆所言:"《文城》所采取的浪漫传奇叙事,在'有趣''激情'和'美丽'的叙事元素上下足了功夫,在这个历经了几个重要的历史时段中,作品将人物的命运捆绑在一个凄美的爱情故事之中,其本身就把浪漫主义自然而然有机地融入作品之中。"①无论是林祥福还是小美,围绕家庭、情感和血缘,他们都被不断变幻的历史风云抛向失控状态,并最终将生命演绎成传奇。

鲁迅曾说:"我惭愧我的少年之作,却并不后悔,甚而至于还有些爱,这真好像是'乳犊不怕虎',乱攻一通,虽然无谋,但自有天真存在。现在是比较的精细了,然而我又别有其不满于自己之处。我佩服会用拖刀计的老将黄汉升,但我爱莽撞的不顾利害而终于被部下偷了头去的张翼德,我却又憎恶张翼德型的不问青红皂白,抡板斧'排头砍去'的李逵,我因此喜欢张顺的将他诱进水里去,淹得他两眼翻白。"②鲁迅的意思是,"少作"有"少作"的天真,成熟之作有成熟之作的精细,但一个作家的创作在每个阶段都会出现一些变化,这是因为他在认知上总有些取舍的困难。从错位到荒诞再到传奇,余华的小说创作呈现出审美形态上的显著变化,这多少也反映了余华在自我认知上的取舍之变。但是,必须明确的是,无论是后来的荒诞还是传奇,其

---

① 丁帆:《如诗如歌 如泣如诉的浪漫史诗——余华长篇小说〈文城〉读札》,《小说评论》2021年第2期。
② 鲁迅:《集外集·序言》,《鲁迅全集》第7卷,人民文学出版社1981年版,第5页。

实都是错位在不同方向上演进的结果。其中最为隐秘的认知之根,仍是余华对错位的深切体察。因此,从创作主体的内在精神结构上看,如果说余华早期小说的错位书写,主要是借助叙事张力,传达创作主体内心深处的柔软,展示余华对于现实的认知方式和情感态度,那么在随后的先锋小说中,这种错位几乎是一个核心主题,是情节构成的内驱力,承载了作家对非理性生命之存在镜像的探索与思考。当他从这种非理性的人性探讨再度转向现实生活时,错位又逐渐演变成传奇,因为传奇本身就是错位的另一种审美形态。所以,《兄弟》《第七天》《文城》都是因错位而使人物的命运更具传奇化。

四

无论是错位引发了荒诞,还是延展为传奇,就其本身而言,错位主要体现为应有关系的断裂、逻辑的混乱、常理的背反、偶然性的频生等等。面对各种错位性的现实生存,作家虽然也会使用不同的叙述方式进行表达,但最主要的叙述方式还是反讽,即一种言语、情境或人物身份的戏剧性解构。在面对现实生存的错位时,余华早期小说更多地动用了具有自嘲意味的戏谑性言语或情境,像《男儿有泪不轻弹》《男高音的爱情》《第一宿舍》《鸽子,鸽子》《表哥和王亚亚》《老邮政弄记》等,都是如此。这种戏谑性的叙述主要表现在言语和具体的故事情境中,属于"热讽"而非"冷嘲",亦无油滑式的讥讽,并让那些置身于各种错位中的年轻人的尴尬心绪获得自我消解的空间,也使叙述显得异常鲜活,同时很好地传达了创作主体内心深处的柔软之情。如《表哥和王亚亚》中,作者以一个远在异乡的少年"我"的视角叙述,不断探究哑子表哥与哑子王亚亚是如何谈恋爱的。这是一种带有窥探性质的视角,因为哑巴的世界也是无声的世界,"我"只能通过诱导、猜测和想象,戏谑性地还原他们的恋爱细节。当然,"我"也不忘借助表哥微弱的听力,教给他一些语义错位的口语,包括"王亚亚,我爱你"之类。这使原本极为庸常的叙事显得诙谐而生动,展示了非正常爱情的喜剧性特质。

作为一种特殊的叙事方式,戏谑既有一定的消解作用,也体现了作家主体的叙事智慧。因为现实本身就充满了错位情形,用戏谑性的话语来表达,也是自然而然的。"现实在选择符合它个性的形式。戏谑对于丑恶的夸张,毋宁说是一种忠实的还原,因此,我们套用波德莱尔的观念来说:戏谑是具有恶魔性的,因此它也具有最深刻的人性!戏谑对于处在荒诞的事实中的而又十分清醒的艺术家来说,毋庸说也是一种最人道的选择。因为戏谑的本质在于人性,更精确地说,是一种矛盾的人性。因此,我们在戏谑中可以看到许多互相矛盾的东西的重新组合,构成一个接近于非理性的、超出常识的世界。戏谑性在作为人类无限伟大的象征的同时,它也是无限悲惨渺小的象征。现代性的人道主义指出的人性既不是完美也不是奇丑,而是完美和奇丑的不可思议的拥抱。戏谑就是沟通人性的两面性矛盾的桥梁。"①但戏谑只是反讽的初级形态,它虽带有反讽的特征,却并不完全具备反讽的哲学性批判锋芒。所以像余华早期的一些小说,如《鸽子,鸽子》《月亮照着你,月亮照着我》,甚至包括《"威尼斯"牙齿店》,虽有戏谑,但最终都是以诗意的方式结束矛盾,并没有体现出绝望式的反抗。

然而,当余华转向先锋实验时,这种戏谑性的叙事则获得进一步拓展,并构成了严格意义上的反讽格调。如果说戏谑只是一种面对错位而惯用的消解性策略,那么反讽则

---

① 方淳:《戏谑再论》,《文学自由谈》1990年第1期。

带有现代哲学的批判和反抗意味了。因为真正意义上的反讽,就是一种解构,它所体现出来的,是作家内心反抗的一种特殊方式。《贝特福特文学与批评术语词典》中解释道:"反讽是外表或期望与现实之间的矛盾或不一致。这种不一致可以通过多种方式表现出来,如一个人所说的与他或她实际上所想表达的之间不一致,或者一个人希望发生的事情与实际发生的事情之间不一致。反讽概念还进一步被运用于事件、情境以及一部作品的结构元素,而不局限于话语陈述。"[1]赵毅衡则进一步论述道:"反讽是思想复杂性的标志,是对任何简单化的嘲弄。对于符号文本的发出者和解释者都是如此。德国诗人许莱格尔重视反讽,认为'哲学是反讽的真正故乡'。克尔凯郭尔论反讽的名著出现后,反讽地位更高。克尔凯郭尔的十五条反讽论,最后一条是:'恰如哲学起始于疑问,一种真正的、名副其实的生活起始于反讽。'他在一个多世纪前揭示了反讽的'人性本质'。"[2]的确,在现代性层面上,反讽早已不是一个单纯的

---

[1] 转引自汪正龙、王妍:《反讽与戏谑——一个比较的考察》,《学术研究》2017年第4期。

[2] 赵毅衡:《反讽:表意形式的演化与新生》,《文艺研究》2011年第1期。

修辞问题,而是一个有关各种悖论性文化的互动共生问题,是人类"思想复杂性"的标志和产物。所以我们可以看到《河边的错误》《死亡叙述》《四月三日事件》《黄昏里的男孩》《现实一种》等小说中,四处蔓延的暴力对理性世界所构建的秩序及伦理的深度怀疑,也可以看到像《世事如烟》《往事与刑罚》《两个人的历史》等小说中,无法掌控的现实对于历史、记忆的宿命性抗拒和解构,还可以看到像《鲜血梅花》对传统武侠小说的颠覆性戏讽,《古典爱情》对古代才子佳人小说的戏讽,《祖先》对人类祖先的弑父性解构。在这些作品中,余华几乎是不自觉地动用了各种反讽手段,包括情境反讽、戏剧反讽等,在非人格化的叙述中,展示了作家对于人的生存及其境域的理解,并传达了其批判性的思想锋芒。如《一九八六年》,就是通过一个疯子的自残,在小镇人群的狂欢性围观中,传达了作家对于历史遗忘的尖锐批判;《我胆小如鼠》中的杨高,为了维护自己的尊严而不断地反抗,并由此陷入一个又一个受辱和反抗的人生怪圈之中,仿佛永远也走不出受辱的困境,体现了作家对人道缺失之现实的尖锐质询。

英国作家朱得安·巴恩斯曾说:"在一个理想的世界

里,年轻人不该是冷嘲者。在那个年纪,冷嘲会有碍成长,影响想象力。最好是在欣悦开放的思想状态下开始人生,信任别人,为人乐观,对人对事坦诚相待。然后,对人对事有了更深的理解后,可以培养一种讽刺感。人类生活的自然进程就是从乐观到悲观;讽刺感有助于调和悲观,产生平衡与和谐。"[①]或许,渐趋成熟的余华已对现实的错位和荒谬了然于心,或许,他已深切地体察到现实本身的荒谬本质,所以从《在细雨中呼喊》开始,那种由反讽所体现出来的反抗和批判,已逐步演化为黑色幽默式的叙事,更多地体现出余华对于悲观境域的调和与平衡。像《在细雨中呼喊》中父亲孙广才面对衰老的父亲陈有元、溺亡的儿子孙光明所表现出来的言行,他总是以乖张的方式把自己扮成一个彻头彻尾的无赖,而且他还能够从这种荒谬的言行中,找到某种奇特的逻辑自洽。《许三观卖血记》里的许三观,无论是对妻子还是对一乐的惩罚,也同样带着困兽般的滑稽和自虐,所以他最后只能以"屌毛出得比眉毛晚,长得倒比眉毛长",来调和自己对于现实和命运的双重无奈。此

---

① [英]朱利安·巴恩斯:《时间的噪音》,严蓓雯译,译林出版社2018年版,第109页。

外,像《吵架》中的李天夫妻终日以打闹充实日常生活,结果因打闹而离婚,离婚之后又时时黏在一起,仿佛一对"欢喜冤家";《空中爆炸》中的几个已婚男人,借口帮助四处拈花惹草的朋友唐早晨,终于迎来了一次脱离家庭束缚后的自由和狂欢;《女人的胜利》中的林红发现丈夫李汉林的隐情之后,通过二十六天的"战斗",使尽了各种奇特的招数,终于将丈夫的情人青青赶出了他们的情感空间,成功化解了这次婚姻危机;而《为什么没有音乐》中的马儿面对妻子与朋友之间的通奸,却只能忍辱负重,一筹莫展。这些小说都有效地截取了婚姻生活中的某些错位,然后通过戏谑性的反讽,将各种错位不断撕开,以此来彰显人性的乖张与复杂,也揭示了婚姻与自由在家庭伦理中的永恒冲突。

在《论反讽》一书中,米克强调:"喜剧因素似乎是反讽的形式特点所固有的因素,因为在根本上互相冲突、互不协调的事物与或真或假的深信至无知无觉地步的态度结合了起来。谁也不会明明白白地使自己陷入矛盾境地(除非有意在另一层次上解决矛盾,但在这种情况下已无真正的矛盾可言);因此,故意设置的矛盾的表象,便制造了一种只能在笑声中求得消解的心理张力。"[1]当其中的喜剧因素被不断放大,形成狂欢式叙述时,这种"在笑声中求得消解"的境况,便呈现出黑色幽默的美学形态。事实上,当《兄弟》里的李光头在无赖、野蛮、义气、豪横等各种姿态中频繁转换时,我们看到的已经不是一个暴发户的传奇命运,而是他对自我欲望及其生存价值的不断解构,因为他的生命里赖以依存的家庭、亲情已不复存在,所谓事业的社会责任和伦理价值也完全消失。也就是说,他的所作所为,最终将自己成功地转化为一个空洞的欲望符号。同样,《第七天》里的那些亡灵,在"死无葬身之地"的阴间过着无忧无虑、平等和睦的诗意生活,显然是对他们生前现实生活的绝望式反讽。《文城》在整体上看似非常端庄,但在局部的情境中,包括两个儿子的读书、溪镇民团对抗土匪的战斗,以及土匪对绑票的处理,同样存在大量喜剧性的反讽叙述;林祥福毕其一生的寻妻作为,本质上也体现了某种黑色幽默式的绝望突围。

从最初的戏谑到后来的反讽,余华的叙事在骨子里并

---

[1] [英]D. C. 米克:《论反讽》,周发祥译,昆仑出版社1992年版,第49—50页。

没有太多的变化。可以说,这构成了余华创作的个人风格或美学气质。我们说,"文学是人学"并不只是强调文学对人的生活及其可能性的探索,还意味着文学必须展示作家个人的心性、气质和素养。小说在塑造各种人物形象的同时,也塑造着作家本身的形象。在《小说修辞学》里,布斯就认真讨论了作者、叙述者、人物与读者之间所形成的特殊修辞关系,并提出了"隐含作者"这一重要概念。在他看来,现代小说中绝对不存在作者的离场或隐退,只不过作者介入小说叙事的方式更复杂、更隐蔽,因为小说的阅读有一个基本的前提,就是读者需要了解作者究竟站在哪个立场上,而这个使命就是由"隐含作者"来承担的。他负责控制和诱导读者去认同作者的价值立场,所以"隐含作者"通常就是作者的替身或"第二自我",体现了作者在叙事背后意欲扮演的自我形象。我们当然无意于讨论余华在小说中塑造的自我形象,但是,依据布斯的小说修辞理论,我们完全可以从余华讳莫如深的诸多"少作"中,认真厘析余华创作的某些潜在因素,并进一步理解余华对于世界的认知方式、情感态度及其价值立场。

鲁迅曾说:"我对于自己的'少作',愧则有之,悔却从来没有过。出屁股,衔手指的照相,当然是惹人发笑的,但自有婴年的天真,决非少年以至老年所能有。况且如果少时不作,到老恐怕也未必就能作,又怎么还知道悔呢?"[①]余华的"少作"并不见得有多少"出屁股""衔手指"的稚态,但其隐含的作家主体之"天真"却是无疑的。这种"天真",既隐含了作家主体的一些精神基质,也暗示了他在此后创作中的某些"规定性",使我们能够更加深入地理解他的变与不变。

[①] 鲁迅:《集外集·序言》,《鲁迅全集》第7卷,人民文学出版社1981年版,第3页。

第三章　论《在细雨中呼喊》

> 最大的笑声是建筑在最大的失望和最大的恐惧之上的。
>
> ——[美]库尔特·冯尼格

在《在细雨中呼喊》出版七年之后,余华曾在它的《意大利文版自序》中写下了这样一段话:"这本书试图表达人们在面对过去时,比面对未来更有信心。因为未来充满了冒险,充满了不可战胜的神秘,只有当这些结束以后,惊奇和恐惧也就转化成了幽默和甜蜜。"[①]余华试图表明,记忆总是具有特殊的亲和力,天然地蕴含着某些"幽默和甜蜜"

[①] 余华:《在细雨中呼喊·意大利文版自序》,上海文艺出版社2004年版,第4页。

的意绪,就像普希金曾写下的诗句——"那一切过去了的,都会成为美好亲切的怀念"。的确,立足于安之若素的今天,倘若人们能够带着真正的宽慰之心来回想往事,那么,过去的所有恐惧、苦难和绝望,或许只是记忆深处的一双双苍凉的小手,早已废弃了它那强悍的膂力,留下的只有温柔的召唤。

正是在这个意义上,当我们一次次沿着这部小说走进幽暗的历史时,我们真切地感受到,它带给人们的并不仅仅是岁月的沉重和悲凉,也不仅仅是成长的恐惧和绝望,还有历史缝隙中一幕幕滑稽与荒诞的反抗、一次次幽默与夸张的嘲解。可以说,正是这些浸满泪水的"笑声",彻底地改变了《在细雨中呼喊》的整个叙事格调,使它摆脱了那种对历史苦难的简单的控诉式表达,而以更具智性的叙事游走于记忆之中,呈现出某种"黑色幽默"的审美特质。

一

作为一种绝望式的喜剧或"绞刑架下的幽默",黑色幽默主要是指 20 世纪 60 年代在美国小说创作中出现的一种思潮,"它打破了存在主义小说的沉闷和严肃,代之以令人感到苦涩的玩笑和嘲讽。它有意忽视个人的痛苦,集中体现个人必须面对的令人哭笑不得的环境和遭遇,以幽默的语言烘托恐怖的气氛,以滑稽的笑声揭示世界的荒诞"①。但是,它留给后来者的,并不只是一种"黑色"加"幽默"的创作方法或艺术思维,还是一种人生态度,一种看待世界的方式,一种致力于揭示生存的荒诞、绝望而又能超然于外的精神姿态,因为黑色幽默是"人的思想情绪上的忧郁成分(或称悲剧成分)与超脱、幽默成分(或称喜剧成分)混合,在幽默中表现阴沉和绝望,又从这种绝望中抽身出来,笑看人类的处境"。正因如此,有人就认为,"黑色是作家的世界观和作品的基调、内容,幽默则是作家的处世态度和创作态度。'黑色幽默'就是在'黑色'和'幽默'下,在'现实'和'幻想'中维持着人类脆弱的心理平衡"②。尽管这种阐释并不是特别全面,但基本上概括了黑色幽默的艺术特质,即创作主体通过超然的心态和幽默的眼光,直面苦难而无望的生存处境,展示绝望背后的荒诞真相。

---

① 汪小玲:《美国黑色幽默小说研究》,上海外语教育出版社2006年版,第11页。

② 汪小玲:《美国黑色幽默小说研究》,上海外语教育出版社2006年版,第8页。

《在细雨中呼喊》之所以带有黑色幽默的审美特质,首先就在于它所叙述的是一个饱含着深刻悲剧意蕴的成长故事——它始于恐惧,终于绝望。"1965年的时候,一个孩子开始了对黑夜不可名状的恐惧。"从小说的第一句叙述开始,恐惧和绝望便迅速笼罩整个故事。"一个女人哭泣般的呼喊声从远处传来,嘶哑的声音在当初寂静的黑夜里突然响起,使我此刻回想中的童年颤抖不已。""再也没有比孤独的无依无靠和呼喊声更让人战栗了,在雨中空旷的黑夜里。"……随着这些叙述的频繁出现,在漫长的成长过程中,我们终于看到,伴随着主人公孙光林的,始终是孤独、恐惧和绝望。它们像一道密不透风的帷幕,将孙光林的成长包裹得严严实实,使他面对强大的现实,只有不停地战栗,或者逃离。他像一棵无根的浮萍,漂游在南门和孙荡之间;又像一个孤独的幽灵,穿梭于白天与暗夜之中。亲情、友情、关爱、庇护……所有这些赖以维持童年成长的必要因素,这些基于动物本能的安全需求,对孙光林来说,都是一种可望而不可即的幻景;而辱骂、暴打和遗弃,却成为他见证人生的日常情形。

如果仅仅从表面上看,《在细雨中呼喊》无疑是一部有关"伤害"或"受难"的小说,尖锐地展示了人道启蒙严重缺席的历史镜像。作为余华的第一部长篇,这部小说历时两年才得以完成。但是,对余华来说,这部小说的突出意义,并非标志着他已跨越了从中短篇到长篇写作的飞跃,而是潜示了余华对人物个性与命运的高度尊重。虽然在此之前,余华同样也给予了人物以应有的尊重,但是,那种尊重在很大程度上是基于创作主体自身的情感需求和理性建构的需要。它带着更多的符号化特征,是为了突出作家对某些存在景象的表达而设置的事件执行者,人物自身的生命形象并不丰满;相反,人物却在过度的抽象化中折射出丰富复杂的理性解读空间。即使是在《现实一种》《世事如烟》《一九八六年》这样具有较强故事情节的小说中,我们也同样感受到人物过于抽象的特质,缺乏生命应有的丰满和鲜活。而在《在细雨中呼喊》里,这种情形却在悄悄地发生退却,"我开始意识到人物有自己的声音,我应该尊重他们自己的声音,而且他们的声音远比叙述者的声音丰富"[①]。这种由叙述者的绝对统治到"尊重人物自己的声音"的转变,

---

① 余华:《我能否相信自己——余华随笔选》,人民日报出版社1998年版,第246页。

不仅仅意味着余华在叙事方式上的一种转变,而且还意味着余华在艺术观念上的一次自我超越。它意味着余华笔下的每一个人物从此拥有了自己真正的生命表达权。因此,《在细雨中呼喊》中的很多人物,都开始渐渐地获得其自身特有的个性风貌和命运轨道。譬如无赖孙广才的各种绝妙的人生表演,就完全是人物在乖张的人性中自我奔跑的自然结果。无论是他对"英雄父亲"这一神圣荣耀的漫长而焦灼的期待,还是他对自己父亲久病不死的种种欺骗和愤懑,无论是他对自己偷情行为的明目张胆和大言不惭,还是他在亡妻坟前独自一人的深夜痛哭,都道出了这个乡村无赖特有的生命形态。即使是像王立强这样非常内敛和理性的人物,我们也都不难发现,一旦他进入人性的真实状态,进入最后的尊严被颠覆的危境之中,他同样也会爆发出那种男人特有的非理性的复仇行动。

对人物个性的尊重,也就意味着对生命自身的尊重。而对于小说叙事来说,人物一旦获得了创作主体的应有尊重,一旦摆脱了创作主体的理性钳制,就会在叙事话语中拥有自身的逻辑命运,就会产生自身复杂而丰饶的精神世界。因为每一个生命都是一种复杂的存在,都拥有极为丰富的、多元化的内部冲突。尽管这一点在《在细雨中呼喊》里表现得还不是淋漓尽致,但是,他们已呈现出某种奔放的姿态。即使是那些看起来很不起眼的小人物,像体格健壮的寡妇,性格执拗的冯玉青,对往事沾沾自喜的孙有元,过于早熟的少年国庆……他们虽然在小说中着墨不多,但一旦获得了出场的机会,他们就会沿着自己的性格逻辑迅速地奔跑,哪怕只是一两个场景,他们也会自然而然地展示出自我生命中最强悍的部分,为小说中的很多细节叙述留下了极为精彩的华章。

更为重要的是,通过创作主体对人物的尊重过程,余华还慢慢地体会到了人物命运自身的内在力量。当人物沿着自己的命运奔跑的时候,我们却发现,现代人道启蒙已经缺席,而死亡、恐惧和绝望却频繁地登场。它们像一把把利剑,在一个不谙世事的少年面前群飞乱舞,寒光四射。弟弟孙光明的死,祖父孙有元的死,父亲孙广才的死,母亲的死,继父王立强的死,同学苏宇的死,刘小青哥哥的死,孤独老太太的死……所有这些死亡,无一例外地剥离了暴力炫耀的成分,直接成为对那个时代苦难生存的直接表达。所有这些死亡,也无一例外地包围在孙光林的身边,引发了一次次无法预测的恐惧和不安：弟弟孙光明的死，使孙光林陷入前所未有的孤独之中；而继父王立强的死，更是让孙光林差点沦为现实的弃儿；好友苏宇的死，则进一步剥夺了孙光林生活里微薄的友情。除了死亡的恐吓之外，还有那些充满苦难的突发性事件，也同样以各种猝不及防的方式，不断地瓦解孙光林生活里仅有的温暖，像鲁鲁的遭遇、国庆被父亲抛弃、老师的诬陷等等，都无情地掏空了他在成长中所觅得的少许希望。可以说，在孙光林的成长过程中，死亡和遗弃不仅以直接的生命消失引发了他内心的恐惧，还以各种间接的方式影响了他的精神人格，使他在身心两方面都一步步地陷入无法摆脱的困境。

当一个人的生活逐渐陷入难以言说的困境时，当他处于无力反抗而又必须反抗的焦灼状态时，他往往会寻找一种近乎自虐的极端方式，让疼痛与快乐沿着疯狂的宣泄爆发出来。这一点，我们从孙光林、苏宇、苏杭和郑亮等人面对青春的肉体骚动中可以看出。随着肉体的自然成长和欲望本能的疯狂折磨，正常的生理启蒙和道德启蒙却呈现出一片空白，由此而导致的结果，便是虚假的伦理规范和欲望的本能扩张在他们的内心中开始了尖锐的对抗。在这种对抗中,他们一方面忍受着手淫的恐惧煎熬,另一方面又享受着对异性的甜蜜幻想;一方面频繁地陷入道德伦理的自我训诫,另一方面又不断地对女性躯体进行大胆的挑逗。这种一次次充满冒险意味的流氓式挑逗行为,不仅给他们带来了"战栗"式的本能宣泄,而且也给他们带来了许多不可预测的灾难。在小说的第二章中,余华以"战栗"为标题,动用了数万字的篇幅详尽地叙述了这种隐秘的本能挣扎。它使我们看到,被日常伦理赋予了最丑陋面目的欲望本能,却构成了生命战栗的核心基质。

恐惧、战栗和绝望,这些充满荒诞意味的悲剧内核,正是黑色幽默的一种精神基石。因为黑色幽默"从产生之日起就以'荒诞''黑色'为基调,卡住荒谬世界的脖子,反映的是现实生活中人的孤独、无助和绝望"[1]。它折射出现代人在各种强大的异己力量面前,在对理性的质疑及其伦理坍塌之后,无力主宰自己命运的绝望心理。也许余华并没有自觉地意识到这一点,但是,从《在细雨中呼喊》所展示出来的成长境域来看,所有的物质匮乏造成的伤害,已失去

---

[1] 汪小玲:《美国黑色幽默小说研究》,上海外语教育出版社2006年版,第84页。

了其应有的威力,而遗弃、暴力、死亡等精神的冷漠所构成的恐吓,则始终占据着主人公孙光林那幼小的心灵。他无法抗争,也无力抗争。孤苦而孱弱的心灵一次次在暗夜中呼喊,却永远也得不到任何回音。这种来自人物精神深处的孤寂和绝望,为整部小说提供了一种深厚的"黑色"基调,也是这部小说具有黑色幽默特质的重要前提。

二

面对无边的恐惧、战栗和绝望,余华在叙述上却并没有选择那种"血管里流着冰碴子"的冷静语调,相反,他逐渐游离了以往先锋叙事的理性控制姿态,更多地将叙述归还给人物自身。在谈及这部长篇的创作时,他曾说道:"我开始意识到人物有自己的声音,我应该尊重他们自己的声音,而且他们的声音远比叙述者的声音丰富。"[1]这种由叙述者的绝对统治到"尊重人物自己的声音"的转变,不仅仅意味着余华在叙事方式上的一种转变,而且意味着余华在艺术观念上的一次自我超越。它标志着余华笔下的每一个人物

---

[1] 余华:《我能否相信自己——余华随笔选》,人民日报出版社1998年版,第246页。

从此拥有了自己真正的生命表达权。因此,《在细雨中呼喊》中的很多人物,都渐渐地获得了自身特有的个性风貌和命运轨道,并由此使叙述不断地呈现出喜剧化的审美特质。

这种喜剧化的审美特质,最突出地体现在孙广才这个人物身上。当所有人物沿着自己的声音奔跑时,孙广才也不甘落后——他几乎发挥了自己的所有才能,迅速地使自身成为一个荒诞时代的符号。就小说的结构而言,孙广才无疑是一个承上启下的关键人物,但他又是一个不折不扣的无赖式的乡村农民。他对生活的唯一选择就是逃避责任,追求私欲。身为人父,他从来就没有打算尽一个父亲的基本职责,而是竭力张扬家长的威风和做派:他不仅随意暴打自己的儿子,还将孙光林随意地送给了别人,使他在孙荡度过了五年孤立无依的生活。当孙光明被淹死之后,他从中捕捉到的不是失子之痛,而是"英雄父亲"的荣耀。为此,他不惜一切代价,在各种虚幻的想象中进行着漫长的等待,渴望将自己从一个无赖上升为一个英雄。当孙光平谈上了对象时,他不是去积极地传达家长的友善和关爱,而是公然地调戏未来的儿媳妇。在孙光平与英花结婚之后,年近六十的孙广才依然不顾人伦之尊严,戏弄英花,只见他"满脸通红,发出了响亮的咳嗽声,这个痨病鬼在那个时刻,村里有人在不远处走动的时刻,他的手捏住了英花短裤上的大红花图案,以及里面的皮肉",结果,他被儿子孙光平用斧头像裁剪一块布一样割下了一只耳朵,"父亲暗红的血畅流而出,顷刻之间就如一块红纱巾围住了父亲的脖子"。在孙光林考上大学之后,孙广才感到很高兴,那是因为他突然明白了这小子"将永久地从家里滚蛋"……这是一个彻底的"父亲",他不需要付出,只要求报答;他不需要伦理,只要求满足。如果我们将作为"父亲"的孙广才在权力意义上进行放大,或者将他视为乡村社会父权结构中的一个文化符号,那么,我们有理由相信,《在细雨中呼喊》里所展示的那些荒诞无助的历史镜像,其实并非只是现实本身不可避免的客观苦难,也是权力意志自我消解和崩落后的生存灾难。

不仅如此,在孙广才的身上,我们还同样看到了作为"丈夫"和"儿子"等角色的自我消解与颠覆。作为丈夫,孙广才对妻子并无多少情感可言。很多时候,他只是将妻子作为及时泄欲的工具。当"英雄之父"的梦想破灭之后,孙广才"像一个慈善家似的爬上了寡妇逐渐寂寞起来的木床",而对妻子的耻辱和痛苦视而不见;"同时他还开始履行起一个搬运工的职责,将家中的一些物件拿出去献给粗壮的寡妇,从而使他们之间的关系得以细水长流"。直到妻子孤独地死于吐血,他仍然没有去履行一个丈夫的职责。后来,孙广才虽然不断地选择在暗夜去妻子的坟头哭泣,但那不是因为内心的爱,而是因为众叛亲离的感伤和绝望。作为儿子,孙广才更是视父亲孙有元为一个只会吃饭的"老不死"。整个小说的第三章差不多都是在叙述这对父子之间的战争,也充分展示了孙广才作为一个无赖对自己父亲的刻薄、刁蛮和仇恨。孙有元的一生"过于漫长,漫长到自己都难以忍受,可是他的幽默总是大于悲伤"[1]。孙有元死而复生的漫长经历,与其说是在折磨着孙家,还不如说是在考验着孙广才的人性品质,使他那些反人伦的恶劣人性一步步彰显出来。无论是动员儿子们假做棺材,还是一次次地痛骂父亲"老不死",孙广才看起来颇有些"无奈",可是"无奈"的背后,却又分明突显了他那种"不想付出、只

---

[1] 余华:《在细雨中呼喊》,上海文艺出版社2004年版,第2—3页。

想索取"的自私本性。而这种自私的本性,在一次次游戏般的父子之战中,充满了诙谐的情趣。

约瑟夫·海勒曾说:"我要让人们先畅怀大笑,然后回过头来以恐惧的心理回顾他们的笑的一切。"[①]《在细雨中呼喊》里,孙广才的各种人生表演,完全是人物在乖张的人性中自我奔跑的自然结果。无论是他对"英雄父亲"这一神圣荣耀的漫长而焦灼的期待,还是他对自己父亲久病不死的种种欺骗和愤懑,无论是他对自己偷情行为的明目张胆和大言不惭,还是他在亡妻坟前独自一人的深夜痛哭,都道出了这个乡村无赖特有的生命形态。但是,如果我们认真地审视一下他的所作所为,就会发现他在消解自我种种角色的同时,实际上已经使自己变得无法无天了,也变得无所畏惧了。由此导致的结果,便是妻子、儿子和父亲都彻底失去了最基本的精神依靠,整个孙家陷入可怕的分崩离析之中。

其实,让我们"先畅怀大笑"的,并不只是孙广才的所作所为。譬如,苏杭和郑亮等人在青春期的种种具有流氓

---

① 转引自唐永辉:《"黑色幽默"刍议》,《淮北煤师院学报》(哲学社会科学版)1999年第3期。

意味的冒险行为,已沦为弃儿的十三岁少年国庆的求婚,老师对学生随心所欲的惩罚,以及那个将王立强捉奸在床的女人的得意表演,等等,都充满了亢奋、刺激乃至狂欢的意味。表面上看,他们给那个充满禁忌的时代带来了轻松和愉悦,带有某种喜剧化的色彩;而实质上,他们都是那个荒诞时代的参与者,并以自己的行为不知不觉地加剧了时代的悲剧性。这种借喜剧形式来表现悲剧本质的叙事思维,正是黑色幽默的基本叙事策略,也是其重要的审美特质。因此,伴随着这种喜剧化的叙述形式,我们已从这部小说中鲜明地感受到了余华对黑色幽默的不自觉的承袭。

三

就《在细雨中呼喊》来说,其喜剧性的表达并不仅仅局限于某些人物或情节的设置上,更重要的是,它还体现在大量具有反讽和诙谐意味的语言运用上。而黑色幽默之所以具有"幽默"的审美特质,当然也离不开对叙事语言幽默化和诙谐化的处理。有人就认为,黑色幽默"表现在叙述语气上则是典型的反讽语气,既嘲笑,又自嘲,悲中有喜,喜中有悲,形成典型的'黑色幽默'的效果"①。如果从叙述语言上来省察,《在细雨中呼喊》几乎是不折不扣地体现了那种反讽的美学趣味。它在不断唤醒创作主体内心记忆的同时,又让那些辛酸和沉重的往事变得绮丽而又富有情趣。

这种反讽性的语言,主要体现在余华对各种悲剧性情节的处理上。在此前的小说中,余华总是喜欢不遗余力地追求各种暴烈、血腥的审美效果,因此其叙述语言都是强调不动声色的客观呈现,冷静、锐利,像刀片一样寒光四射,如《一九八六年》《现实一种》《世事如烟》等,都是如此。但从《在细雨中呼喊》开始,余华便自觉地突出叙述语言的智性化特色,尤其是面对那些充满悲剧意味的场景时,他便情不自禁地动用一种诙谐或反讽的语调,极力消解事情本身的暴力或血腥气息。譬如,因为哥哥和弟弟的诬告,孙光林被父亲暴打,而余华却撇开了"我"挨打时的身体感受,只注意自己被打时的外在场景:"我在遭受殴打的时候,村里的孩子兴致勃勃地站在四周看着我,我的两个兄弟神气十足地在那里维持秩序。"在王跃进的婚礼上,被他睡过的冯玉

---

① 汪小玲:《美国黑色幽默小说研究》,上海外语教育出版社2006年版,第95页。

青从容不迫地当着众多客人的面自杀。她的行为虽然饱含了失身之后的痛苦和绝望,但整个自杀过程却又像是一场闹剧,那根自杀的草绳,"如同电影来到村里一样,热闹非凡地来到这个婚礼上,使这个婚礼还没有结束就已悬梁自尽"。又如,孙广才因为"英雄父亲"的幻想破灭而被拘留之后,余华这样写道:"半个月以后,父亲从拘留所里出来,像是从子宫里出来的婴儿一样白白净净的。昔日十分粗糙的父亲,向我们走来时,如同一个城里干部似的细皮嫩肉。"这种充满智性和想象力的叙述语言,彻底消解了孙广才的耻辱和绝望,使他顺利而又从容地进入新的欲望追求之中。再如因捉奸王立强而被炸死了两个儿子的女人,虽然惊魂未定,但是"没过多久,她就恢复了昔日自得的神态,半年以后当她再度从医院走出来时简直有些趾高气扬",甚至逢人便说"炸死了两个,我再生两个"。这种饱含反讽意味的叙述,不仅将一场反人道的悲剧彻底消解,而且还以善恶轮回的思维展示了小人得志的自足。

毫无疑问,在《在细雨中呼喊》里,这种反讽式的语调体现得最为集中、最为辉煌的地方,是孙有元和孙广才的父子之战。这是一场有关生与死的漫长争斗,也是一场有关人伦秩序的漫长撕扯。它体现了一个苍老无力的父亲以自己不堪一击的生命来教训不孝之子的决心。然而，这个原本充满凄凉意味的悲剧性过程，却因孙有元特有的反击手段而显得异常幽默，意趣横生。孙有元总是以"即将死去"的生命征兆，给无赖孙广才带来一次又一次的窃喜；而当孙广才焦急地等待着窃喜变为现实时，孙有元又顽强地站了起来，使儿子饱受失落和打击。孙有元如此不断地循环往复，孙广才也因此而陷入一次次无穷无尽的精神折磨之中，同时也将他那无赖的嘴脸一次次地撕裂开来。在此，我们不妨略举一例：

那时候我父亲才真正重视祖父死的决心，当我父亲惊奇地走入祖父的房间后，这两个冤家竟然像一对亲密兄弟那样交谈起来。孙广才坐在孙有元的床上，我从没有听到过父亲如此温厚地和祖父说话。孙广才从房间里走出来后，他已经相信父亲不久之后就会离世而去，喜形于色的孙广才毫不掩饰自己的愉快心情，他对自己是不是孝子根本就不在乎。孙有元准备死去的消息正是他向外传播的，我在屋里都能听到他在远处的大嗓门:"一个人不吃饭还能活多久?"

这是孙有元和孙广才"父子之战"最初的一幕。它彻底剔除了孙有元即将死亡的悲伤和不幸,而以孙广才的无限期待和欣喜来取代。并且,在死亡即将到来的时候,这两个冤家父子居然"像一对亲密兄弟那样交谈起来",而实质上,这只是他们各怀鬼胎的开始。小说也正是在这种语调中一路滑行,使伦理之轻和生命之重形成了一种巨大的张力。

同样的叙述还体现在苏杭、郑亮等少年们在青春期的各种冒险行为上。生理启蒙的缺席、社会伦理的溃散、青春期的内心骚动,使他们面临着一种巨大的危险。但余华并没有突出这种危险,而是让叙述语调保持在少年人物特定的精神层面上,将青春的骚动、迷惘、无畏和无知熔铸在一起,四处飞扬,随意宣泄。"我们一群同学跟着他(苏杭),在街上无休止地走动,当有年轻姑娘出现时,我们就和他一起发出仿佛痛苦其实欢乐的呻吟般的叫声:'姐姐呵,你为什么不理我?'我战栗地和他一起喊叫,一方面惊恐地感到罪恶正在来临,另一方面我又体验到无与伦比的激动和欢快。"这种集诙谐和伤痛于一体的、充满张力的叙述,不仅激活了那个时代青春的荒凉和惨烈,也传达了在权力真空中人性的自由和放纵,仿佛是一种难以言说的"恶之花"。

当然,我们也不能忽视它的结构。在这部小说中,余华所遵循的是一种"记忆的逻辑",全书四章并不是按照时间的一维性来安排的,而是相互交错,一切都随着叙述者的记忆自由地往返穿梭。余华自己也说:"我当时这样认为自己的结构,时间成为了碎片,并且以光的速度来回闪现,因为在全部的叙述里,始终贯穿着'今天的立场',也就是重新排列记忆的统治者。我曾经赋予自己左右过去的特权,我的写作就像是不断地拿起电话,然后不断地拨出一个个没有顺序的日期,去倾听电话另一端往事的发言。"[1]这种对时间的错叠式安排,使整部小说呈现出一种碎片化的文本形态,"完整的故事为破碎的故事所替代,贯穿的情节为零散的情节所更迭,线性的时空为循环流动的时空所置换"[2]。而这种结构特点,同样也是黑色幽默小说的主要特征,黑色幽默"小说本身不再朝着所谓前因后果的逻辑思

---

[1] 余华:《在细雨中呼喊》,上海文艺出版社2004年版,第5页。
[2] 潘凯雄:《〈呼喊与细雨〉及其他》,《当代作家评论》1992年第4期。

路扩展,代之以独立的片断和细节的堆积,内容上显得松散,意义上也更加模糊,形成开放性的组织结构,具有典型后现代小说的特点"①。所以,从语言和结构上看,《在细雨中呼喊》同样也具有非常突出的黑色幽默之特征。

四

人类对自身存在的思考愈深,荒诞感便愈显突出。这是20世纪以来世界文学发展的一个最为突出的精神走势。所不同的是,流行于20世纪60年代的黑色幽默小说,在直面人类生存的荒诞境域时,其创作主体已深深地洞悉了反抗和超越的虚无,因此,他们不再选择堂吉诃德式的积极征战,而是改为嘲讽和幽默,以超然的戏谑化方式对待这种存在的深渊。弗里德曼就曾经指出,黑色幽默的小说家们,"对于自己所描述的世界怀着深度的厌恶以至绝望,他们用强烈的夸张到荒诞的程度的幽默的嘲讽的手法,甚至不惜用'歪曲'现象以致使读者禁不住对本质生活怀疑的惊世骇俗之笔,用似乎'不可能'来揭示'可能'发生或实际发

---

① 汪小玲:《美国黑色幽默小说研究》,上海外语教育出版社2006年版,第91页。

生的事情,从反面来揭示他们所处的现实世界的本质,以荒诞隐喻真理"①。

就余华的创作历程来说,似乎也隐含了这样一种内在的精神逻辑——从《十八岁出门远行》《西北风呼啸的中午》开始,他就一直与荒诞的生存进行不懈的抗争,并让它附着在暴力、残忍、神秘等生存形态之中,创作了一系列充满血腥气息的先锋文本。由此而导致的结果,便是他越来越无法把握存在,也越来越难以超越荒诞,就像加缪笔下的西西弗斯那样,他唯一能够确定的,就是"搬石头"本身。

既然荒诞本身是无法反抗和超越的,那么,还不如选择用超脱的方式来对待人类的存在。于是,余华开始了叙事的转向,并创作了《在细雨中呼喊》。对此,余华自己的解释是:"怀疑主义者告诉我们:任何一个命题的对立面,都存在着另一个命题。这句话可以解释那些优秀的作家为何经常自己反对自己。作家不是神甫,单一的解释与理论只会窒息他们,作家的信仰是没有仪式的,他们的职责不是布道,而是发现,去发现一切可以使语言生辉的事物。无论是

---

① 汤小宽:《"黑色幽默"与〈第二十二条军规〉》,见[美]约瑟夫·赫勒:《第二十二条军规》,南文、赵守垠、王德明译,上海译文出版社1981年版,第2页。

健康美丽的肌肤,还是溃烂的伤口,在作家那里都应当引起同样的激动。"①在冲突中求变,在变化中自我超越,这是余华的梦想,也是他为自己的变化寻找的合理依据。如前所述,《在细雨中呼喊》同样是一部充满了荒诞意味的小说——家庭伦理的缺席,人道启蒙的缺席,基础教育的缺席……所有这一切,都构成了那个时代理性严重匮乏、生存毫无安全感的社会特质,而孙光林就是以自己弱小的生命成长与那个时代进行着顽强的对视,其荒诞和苍凉几乎是不言而喻的。

有趣的是,很多研究者在解析这部小说时,都仅仅将它视为余华向现实主义回归的一个标志性文本,却并没有从其潜在的精神肌理中发现它那一如既往的荒诞意蕴。我想,这或许正是因为黑色幽默式的超然态度成功地掩盖了这种荒谬。事实上,如果我们细读余华自此之后的很多小说,包括《一个地主的死》《祖先》《活着》《许三观卖血记》《女人的胜利》等一批叙述婚姻生活的短篇,都可以看到,黑色幽默的审美特征在他的笔下越来越清晰,也越来越突

---

① 余华:《我能否相信自己——余华随笔选》,人民日报出版社1998年版,第155页。

出。尤其是他的长篇《兄弟》,完全是一部不折不扣的、中国式的"黑色幽默"小说。事实上,《兄弟》看起来有些简单、夸张甚至荒诞,主要源于这些符号化事件本身所带来的某些喜剧性特征,或者说,是源于历史本身所赋予的荒诞真相,是极度压抑和极度放纵后的人性自然表现,而它在本质上仍然体现为一种悲欣交集式的审美意图。因为在狂欢式的叙述语调中,这部小说一直蕴藏着余华后期创作始终恪守的悲悯意绪。这是他内心无法割舍的人生情怀,是他在暴力、残忍、冷漠的人性探索之后所找到的写作信念。正因如此,回到人类最基本的生活形态,回到生命存在的基础部位,探究普通百姓在特殊的历史境遇中所操持的生存信念和人性基质,一直是余华后期创作的审美追求。在同余华的一次对话中,我曾说过,《在细雨中呼喊》是通过孤独和无助的成长,来寻找和发现悲悯的重要;《活着》是通过"眼泪的宽广",来展示悲悯对于活着的价值;《许三观卖血记》则是通过爱与牺牲,来表达悲悯对于苦难的救赎作用。而在《兄弟》中,悲悯依然在人物内心深处不断被激活,并构成了一种消解荒诞生活的重要元素。① 用悲悯来消解荒诞,这不是余华的发明,却表明了他对历史自身的观照姿态,也体现了一个作家在直面现实时所持有的伦理情感和价值立场。

---

① 洪治纲、余华:《回到现实,回到存在》,《南方文坛》2006年第3期。

第四章　论《活着》

从1990年到1995年,在前后不到6年的时间里,余华先后完成了《在细雨中呼喊》《活着》《许三观卖血记》3部重要的长篇小说。迄今为止,这3部长篇仍处在不断重版之中,几乎成为当代长篇小说出版史上一个小小的奇迹。当然,更重要的是,在这3部长篇小说中,余华不仅成功地完成了自我艺术上的再一次超越——回到朴素,回到现实,回到苦难的命运之中,而且也实现了自我精神上的又一次迁徙——从先锋的哲学化命运思考向情感化生命体恤的转变,从冷静的理性立场向感性的人道立场的转变。特别是《活着》,凭借巨大的市场销量和持久的社会反响,已成为中国当代文学中具有经典意味的一部作品。

《活着》是一部情节、结构都比较简单的小说。它讲述了地主少爷徐福贵从20世纪40年代到80年代的四十多年里,由一个纨绔子弟沦为孤寡农民的人生故事。在福贵的命运历程中,苦难和死亡总是以各种方式与他紧紧相拥,所有的亲人一个个离他而去,最后只剩下一头老牛和他相依为命。在这部小说中,余华试图以福贵的"活着",展示"人对苦难的承受能力,对世界乐观的态度",传达"人是为活着本身而活着"[①]这一充满苦难意味的存在本相。

一

在《在细雨中呼喊》《活着》《许三观卖血记》这3部长篇中,人们可以清晰地看到,余华曾经迷恋的暴力书写少了,代之的却是"受难"的主题;以往的冷漠锐利的语调消退了,随之而来的是充满温情的话语。在《在细雨中呼喊》中,余华已深切地体会到人物命运自身的内在力量。当人物沿着自己的命运奔跑的时候,当人物一次次与各种不可抗拒的苦难对抗的时候,当人物为追求自我的生存尊严而陷入种种灾难深渊的时候,余华从这种命运的极度关注和深切的体恤之中,渐渐地明白了生命中特有的精神韧性和

---

① 余华:《活着·中文版自序》,作家出版社2012年版,第3—4页。

情感中悲悯的品质对于一个作家的意义。因此,《在细雨中呼喊》里同样涉及了大量的人物死亡,像弟弟孙光明的死、祖父孙有元的死、父亲孙广才的死、母亲的死、继父王立强的死、同学苏宇的死、刘小青哥哥的死、孤独老太太的死……但是所有这些死亡,不仅无一例外地剥离了暴力成分,而且直接成为对苦难生存的有力反思。这一点,在《活着》中更为突出。它几乎呈现了一场有关死亡的"盛宴"。余华赋予了人物死亡以更多的命运色彩,使他们的死亡成为对命运、对现实秩序,甚至对历史意志的一种审视和思考,是个体生命与强大历史对峙之后的一种悲剧性表达。这种悲剧由于始终浸润在一种体恤性的叙事话语之中,始终彰显了创作主体内心深处强烈的悲悯情怀。

这种悲悯情怀的确立,是余华小说创作中一个极为重要的变化,使他在重新反思以往的暴力写作时,对存在的苦难本质获得了更为广阔的理解空间,也使他笔下的苦难更具有人性内在的生命光泽。事实上,早在1989年,余华就已经意识到了悲悯情怀对于一个作家的重要性。在此时的小说中,无论是《鲜血梅花》《偶然事件》,还是《此文献给少女杨柳》《两个人的历史》,都已经渐渐地从暴力中心撤退出来，并有意回避了那些令人晕眩的残忍场景的描绘。特别是在《此文献给少女杨柳》和《两个人的历史》中，人物的内心历程已经呈现出某种程度上的"受难意识"。而在《在细雨中呼喊》中，这种受难意识得到了进一步的确认——那不只是孙光林一个人的受难，还是孙光平、孙光林、孙光明、国庆、刘小青、苏宇、苏杭、郑亮、曹丽等一代人在无序成长中的集体式受难。爱的严重缺席、伦理体系的空前衰落、道德管束的彻底破产，都使得从南门到孙荡的中国乡村社会，处于某种无序的癫疯状态，人们常常以最为原始的行为行走在现实的角角落落，伤害与被伤害成为日常生活中最具活力的成分。由此而导致的结果，便是少不更事的"我"与现实之间逐渐游离和隔膜，幼小的心灵被迫反复承受着现实风浪的击打而又孤独无助。

这种受难的主题，表明余华渐渐地完成了自我写作的又一次重大调整。这次调整，不仅使余华有效缓解了以前的先锋探索与传统写作之间的割裂状态，而且也使他重新认识到了小说叙事对生命存在状况的一种尊重。由此，《活着》于1992年应运而生。众所周知，"活着"，原本是中国人的一种最朴素的生存愿望，也是人类最基本的一种生存要求。但是"活着"的背后,又分明洋溢着一种对生命的感恩,包含了某种宽广无边的生存意味,也体现了自然生命的坚韧,具有非凡的潜在力量。在谈到这个题目时,余华曾深有感触地说:"作为一个词语,'活着'在我们中国的语言里充满了力量,它的力量不是来自喊叫,也不是来自进攻,而是忍受,去忍受生命赋予我们的责任,去忍受现实给予我们的幸福和苦难、无聊和平庸。"[1]"活着"就是以最简单、最平凡的方式,展示了生命中最深厚、最顽强的精神力量。尤其是当余华将它安置在一个乡间农民的命运之中时,又无形之中赋予了小说深厚的悲悯情怀,使创作主体的情感力量与人物的命运之间达成了内在的共振关系。

在《活着》中,首先我们要面对的,便是死亡与活着的问题。从故事表面上看,这是一场有关死亡的盛宴,但作者取名却叫《活着》。通过福贵漫长的回忆,我们可以看到福贵的命运轨迹:作为一个纨绔子弟,年轻时的他曾经在女人的胸脯上找寻快乐和眼泪,在她们的肩膀上招摇过市风光无限,在赌场上心旌摇动地体味生命的刺激和冒险。然而,在这一切都如海市蜃楼般轰然倒塌之后,在这一切被他轻

---

[1] 余华:《活着·韩文版自序》,作家出版社2012年版,第5页。

而易举地毁掉之后,他终于明白了自己为所欲为的沉重代价,同时也看到了苦难对他的一次次无情的击打。自此以后,所有的厄运开始紧紧地追随着福贵的脚步,并毫不含糊地夺走了每一个与他有着血缘亲情的人的生命,一次次将他逼进伤心绝望的深渊,使他成为一个深陷于孤独而无力自拔的鳏夫,只有与自己影子似的象征物——那头叫福贵的老牛相依为命,了却残年。但是,福贵经历了一次又一次的苦难,却始终坚信:即使生活是最为悲惨的,即使命运是最为残酷的,自己也应该鼓足勇气和拼足力量熬过去,直到人生的最后一刻。

在这种苦难命运的滑行过程中,死亡既是福贵心中无法摆脱的阴影,也是余华有效解读受难的一个人性支点。年轻的时候,因为赌博成性和拈花惹草,福贵不仅将自己的富足之家弄得倾家荡产,而且活活地气死了自己的亲爹。也正是从这次事件中,福贵获得了一种极度的精神震撼和道德警醒,从而慢慢地改变了玩世不恭的个性,恢复了善良、同情和宽厚的人性品质,并意识到了生命存在的责任和意义。特别是在他被抓为壮丁历时数年死里逃生之后,他似乎更加深刻地体会到了活着的不易和家庭的温暖,从此之后,福贵虽然在生活上陷入了空前的贫困之中,但是他的胸怀、他的眼光、他的精神,变得宽广起来。遗憾的是,苦难却并没有因为他的宽广而放慢脚步,相反,却变本加厉:先是儿子有庆的突然死亡,接着又是女儿凤霞和妻子家珍的死亡,然后是女婿二喜和外孙子苦根的死亡。一个个亲人都被死神以这样或那样的方式残酷地夺走了鲜活的生命,只留下福贵一人来面对这样的生离死别。这种人生感受,就像刀子一次次地剔下了福贵身上的肋骨,他无能为力,只有承受。因为这是命运。在命运面前,任何愤怒和反抗都显得异常苍白,任何绝望和郁闷都变得无比怯懦。所以,福贵学会了宽容,学会了容纳,学会了接受。

众所周知,中国传统社会是一个差序格局的伦理社会。围绕血缘所形成的亲朋关系,是一个人在社会生存中最核心、最基础的关系。如果这个关系消失了,则意味着这个人将是彻底的被遗弃者。《活着》累计叙述了十次死亡事件:父亲的死、老全的死、龙二的死、母亲的死、有庆的死、春生县长的死、凤霞的死、家珍的死、二喜的死、苦根的死。这些死亡人物要么是福贵的亲人,要么是福贵的朋友,只有龙二稍显例外,但也是替福贵的地主之名而死。更重要的是,在这些死亡事件中,只有母亲和妻子的死亡是病逝,其他死亡均是偶然的、突如其来的。这种非正常的死亡,对福贵的情感冲击是最大的,也是最容易摧垮个人意志的。在一个人的生存意志中,没有什么比自己亲人的突然死亡更具有打击性。

亲人不断死亡,从本质上说,是在考验一个人活着的意志。余华在这里动用了"倒影"叙事,从死亡来反观活着。也就是说,余华对死亡的书写,要表达的并不是死亡本身,而是死亡对活着的人的巨大考验。讲述死亡,是为了展示活着。死亡是容易的,活着却是如此艰难。因此,活着,对于福贵来说,已经不是一种动物本能意义上的活着,而是对活着的意志、韧性的考验,是对苦难的理解与拥抱,是对命运的永不妥协的挑战,是漫无边际的忍受。它展示了"眼泪的宽广"。事实上,余华最大的愿望,就是想通过《活着》,写出一位类似于美国老黑奴式的底层人物,并以此表达这样一种观念:"在中国,对于生活在社会底层的人来说生活和幸存就是一枚分币的两面,它们之间轻微的分界在于方向的不同。对《活着》而言,生活是一个人对自己经历的感受,而幸存往往是旁观者对别人经历的看法。《活着》中的福贵虽然历经苦难,但是他是在讲述自己的故事。我用的是第一人称的叙述,福贵的讲述里不需要别人的看法,只需要他自己的感受,所以他讲述的是生活。如果用第三人称来叙述,如果有了旁人的看法,那么福贵在读者的眼中就会是一个苦难中的幸存者。"[1]因为在余华看来,人类作为一种生命本体的要求,最简单、最直接的表现,就是对"活着"的要求,"人的理想、抱负,或者金钱、地位等等和生命本身是没有关系的,它仅仅只是人的欲望或者是理智扩张时的要求而已。人的生命本身是不会有这样的要求的,人的生命唯一的要求就是'活着'"[2]。但是,在"活着"这一看似简单的要求中,却又包含着生命里许多复杂的人生况味,用余华自己的话说,活着"就是忍耐:面对所有逆境苦难,包括最残酷的,我认为每个人都应该高兴地、愉快地去尝试克服、度过它"[3]。显然,这是余华对自身艺术调整后的"受难"主题的再次拓展,也是他开始与现实建立新型关系后的一次积极的努力。

---

[1] 余华:《活着·日文版自序》,作家出版社 2012 年版,第 7 页。
[2] 余华:《我能否相信自己——余华随笔选》,人民日报出版社 1998 年版,第 216 页。
[3] 余华:《我能否相信自己——余华随笔选》,人民日报出版社 1998 年版,第 224 页。

死亡是为了活着。活着是为了对抗命运。在《活着》中,历史与个人的关系,也是余华检视中国人活着的一个重要参照。沿着"生与死"的主线,我们看到,从整个故事的营构来说,《活着》的时间跨度几乎覆盖了近百年的中国历史,而且中国历史的每一个重要片段,如抗日战争、国共内战、大炼钢铁、三年困难时期、"文化大革命"……都在福贵的家庭中打下了悲剧性的烙印。虽然这些历史事件本身在叙事中显得非常平淡,似乎只是人物无意中碰上的一种灾难,或者说,只是命运自身的一种潜在安排,至于个人与历史之间的悲壮冲突并不明显,但这也未必就表明,余华的叙事目标不是强化历史的悲剧性,而只是关注人物"活着"的受难方式和过程。事实上,我们发现,几乎所有重大的社会历史风云,都直接转化为影响了福贵生活或命运的具体现实。譬如,在解放前的乡村生活中,福贵是一个纨绔子弟,输光了自己的家产。解放战争中,福贵被国民党抓去当了壮丁,成为解放军的俘虏。土地改革中,龙二成为地主被枪毙,福贵因祸得福。大炼钢铁和三年困难时期,福贵全家陷入饥荒,度日如年。几乎所有的社会历史变化,都以这样或那样的方式影响了福贵的生活和命运。福贵是卑微的、草根的底层个体,但他同样被一次次卷入历史的冲突之中。因此,福贵的苦难命运与各种历史的震荡都形成了极为紧密的共振关系,所谓"大风吹过,所有的小草都会摇曳"。

在人物的社会身份安排上,余华尽量剥离了福贵作为一种社会存在的集体属性,让他在最大程度上保持着生命存在的自然状态。作为中国乡村社会中最底层的生存者,福贵的生存愿望和生存方式都很简单,仅仅是为了"活着"而已,因此他很少与社会、历史构成主流意识上的冲突,也很少与邻里产生伦理道德的冲突。除了年轻时浪荡过一阵子之外,他几乎是一个彻头彻尾的安分守己者,是一个老实得不能再老实的农民。理想、抱负、地位……所有这些人类正常的欲望,都被他自己从内心中剔得一干二净,人物与命运之间的交流和碰撞只剩下生与死的最直接的对视。所以,福贵最后回忆自己的一生时,曾不无感慨地说:"这辈子想起来也是很快就过来了,过得平平常常,我爹指望我光耀祖宗,他算是看错人了,我啊,就是这样的命。年轻时靠着祖上留下的钱风光了一阵子,往后就越过越落魄了,这样反倒好,看看我身边的人,龙二和春生,他们也只是风光了一阵子,到头来命都丢了。做人还是平常点好,争这个争那个,争来争去赔了自己的命。像我这样,说起来是越混越没出息,可寿命长,我认识的人一个挨着一个死去,我还活着。"①福贵的这番话,看起来非常简单,也非常朴实,但这也恰恰表明,即使是一个远离社会中心的最边缘的人,也无法摆脱历史意志的内在规约。

所以,面对各种特殊而复杂的历史变化,没有什么生存能力的福贵自然陷入生活的贫困之中。这种贫困,既是中国乡村历史生活的一个真实的缩影,又是历史悲情与生命悲情达成双向互动的叙事因素。正是在这种生存境遇中,妻子家珍积劳成疾,并且久病无医;凤霞小小年纪就被迫送给他人;有庆不仅要在课余割羊草,还要赶着上学。为了让脚上的鞋子不被磨破,有庆甚至养成了赤脚跑步上学的习惯,久而久之却练得长跑第一名,结果又因此第一个跑到医院被抽血抽死。即便是外甥苦根,也是因为过度饥饿之后的饱食而胀死。可以说,在《活着》中,贫困是通向死亡的一道阶梯,是死亡的孪生姊妹。无论是家珍、有庆还是凤霞、二喜、苦根,尽管他们的死亡在很大程度上充满了某种偶然性因素,带着巧合的意味,但是,细想之后,又无不是贫

---

① 余华:《活着》,作家出版社 2012 年版,第 180—181 页。

困所致,无不体现了历史内在的规定性。

但余华并没有对此赋予更多的现实表达,而是让福贵在忍受这些苦难的过程中进行了一些本能性的抗争,并在小说中营造出了一种"相濡以沫"的伦理温情,也为福贵的内在韧性提供了更深更广的历史空间,使他在苦难中的生存变得熠熠生辉。这种情节安排,折射了余华对历史的内在认识。任何一个看似与己无关的历史事件,都会对自己的生存产生致命的影响。真正的历史是个人化的,是由无数卑微而普通的生命注塑而成的,而不只是英雄史。真正的历史悲剧是由底层个体来承担的,是他们凸现了悲剧性的历史对人生产生的巨大冲击。

这种微观化的个人生活史,既体现了余华对新历史主义精神的承续,也反映了个人与历史之间无法挣脱的内在的制约性关系,亦体现了《活着》的"忍受"主题,让一个平凡而卑微的个体,忍受各种历史的劫难。

二

除了死亡,生活的极度困顿也是《活着》中考验人物生命承受能力的一个巨大重压。对于福贵这个家庭来说,用

"一贫如洗"来概括并不显得过分。当然,对于这一点,余华并没有赋予更多的现实表达,只是让福贵在忍受这些苦难的过程中进行了一些本能性的抗争,而且他的抗争在更多的时候都显得苍白无力,但是,整个小说却因此而呈现出了一种浓厚的血缘亲情和善良的人性,也为福贵的顽强生存提供了更加坚实的伦理支撑,使他在苦难中的生存变得坦荡和乐观。余华自己也认为:"福贵是属于承受了太多苦难之后,与苦难已经不可分离了,所以他不需要有其他的诸如反抗之类的想法,他仅仅是为了'活着'而'活着'。他是我见到的这个世界上对生命最尊重的一个人,他拥有了比别多很多死去的理由,可是他活着。"[1]的确,如果仅仅从伦理上说,福贵本身就是一个苦难的符号,是一个被苦难掏空了任何生存乐趣的人,但他依然在苦难中悠然地活着,并以此展示了自我对生命的尊重。

但是,这种对苦难命运的接受,对于每一个人来说,都是一场自我身心的全面较量和抗争。福贵也是如此。在他那漫长的回忆中,每一次亲情的凸现,都使他备受感动,每

---

[1] 余华:《我能否相信自己——余华随笔选》,人民日报出版社1998年版,第219页。

一次亲人的死亡,都使他变得格外坚强。当他从战乱中逃脱回到家中时,妻子家珍说道,"我也不想要什么福分,只求每年都能给你做一双新鞋";女儿凤霞被送给别人之后又逃回来,福贵说,"就是全家都饿死,也不送凤霞回去";儿子有庆死了之后,福贵独自一人埋葬他时,"用手把土盖上去,把小石子都捡出来,我怕石子硌得他身体疼";家珍到鬼门关转一圈又回来,福贵忘了凤霞耳聋,说,"全靠你,全靠你心里想着你娘不死"……所有这些亲情的温暖,一方面不断地激发了福贵对活着的希望,增添了"活着"在这个家庭中虽苦犹甜的情感魅力;另一方面,又使死亡本身变得更为伤痛,活着的勇气遭受更多的摧残。事实上,福贵对苦难的"忍受"能力,也正是体现在这种情感的巨大撕裂之中。

这也是《活着》感人的重要原因。它使我们看到,福贵是天下最不幸的人,同时也是最幸福的人,因为他自始至终生活在浓郁的亲情之中。诚如余华所说:"《活着》里的福贵经历了多于常人的苦难,如果从旁观者的角度,福贵的一生除了苦难还是苦难,其他什么都没有;可是当福贵从自己的角度出发,来讲述自己的一生时,他苦难的经历里立刻充满了幸福和欢乐,他相信自己的妻子是世上最好的妻子,他相信自己的子女也是世上最好的子女,还有他的女婿他的外孙,还有那头也叫福贵的老牛,还有曾经一起生活过的朋友们,还有生活的点点滴滴……"①这部小说的精巧之处,就在于它是通过福贵的自我叙述,突出了个人对于苦难与温情的特殊感受。所以我们看到,在福贵的眼里,苦难本身虽很沉重,但他家庭中的每个人都很"懂事",都有着无边的善良、宽容、勤劳,也有着做人应有的骨气,且安贫乐道。尤为重要的是,他们都以牺牲的方式爱着这个家庭。除了父亲和岳父略有一些恨铁不成钢,其他人都非常"懂事"。妻子家珍任劳任怨,从小家碧玉沦为乡村俗妇却从无怨言,爱婆婆,爱丈夫,爱孩子,尽管对春生误伤有庆耿耿于怀,但最终还是充满了体恤和怜悯的情怀。

当福贵从战场逃回到家中时,妻子家珍说道:"我也不想要什么福分,只求每年都能给你做一双新鞋。"可以说,她是一位"圣母型"的中国传统女性。福贵的母亲也一样。家道迅速败落,她由一个地主婆变成了农妇,依然爱着这个

---

① 余华:《活着·麦田新版自序》,作家出版社 2012 年版,第 16 页。

家庭的每个成员,并且总是用宽容的胸怀对待自己的孩子们。凤霞和有庆更加懂事,小小年纪,处处帮衬家庭,勤劳、善良,且坚守尊严。亲情的温暖,不断地激发了福贵对活着的希望,增添了"活着"在这个家庭中虽苦犹甜的情感魅力。所以我们有理由相信,福贵忍受了历史的劫难,忍受了物质的贫困,忍受了亲人的死去,他依然平静而乐观地活着,为什么?因为亲情弥漫在他的每个毛孔,使他的忍受获得了巨大的情感支撑。

　　作为一部极其简练的小说,余华为什么要用如此奢侈的笔墨来书写亲情?这是一个非常关键的问题。血浓于水,生活即牵挂,生命即奉献,这就是亲情。实质上,亲情不仅构成了这部小说极其强大的伦理基石,也使小说在悲剧意义上获得了震撼效果。也正是这种极其强大的亲情,支撑着这个家庭面对所有的苦难,也支撑着福贵从容地面对一生。在富贵漫长的回忆中,每一次亲情的凸现,都使他备受感动,并铭记于心,每一次亲人的死亡,都使他变得格外坚强。"因为它是文学作品,一部伟大的艺术作品,因为作者这样富有同情心地叙述令人难以置信的、艰难的历史,能够给人以安慰,因为我们从农民福贵身上获得的安慰是一种美好的感觉……本书的价值无法用任何评论的词语来形容,'伟大'这个词在这本书面前也显得渺小。"①德国《柏林日报》的这段评述,虽然用了"安慰"这个词,但无疑也揭示了福贵那虽苦犹甜的人生际遇。

三

《活着》的突出特点,还在于它的叙述。它同时安排了倾听者与讲述者,由两级叙述来完成故事——民间歌谣搜集者"我"和福贵的自述。作为一级叙述者,"我"是一个县文化馆的民间歌谣搜集者,一个经常打着哈欠的城里人。这个裤腰带上挂着一条毛巾、经常漫游于夏日田间地头的叙述者,显然就是那个当年整天下乡搞民间文化三套集成的文化馆馆员余华自己的写照。当初调入海盐县文化馆时,余华曾花了两三年时间很认真地领着任务,游走在海盐县的乡村之间,并经常坐在田间地头像模像样地倾听和记录农民们讲述的各种民间歌谣和传说。而《活着》开头出现的那个整天穿着拖鞋,"吧嗒吧嗒,把那些小道弄得尘土飞扬"的民间歌谣搜集者,也正是这样一个人物。

---

① 余华:《活着》,作家出版社2012年版,第190页。

不过,在小说中,他既是倾听者,又是记录者。他成功地调节了整个故事,使福贵的自我诉说变成五个部分,同时加入了福贵叙述现场的乡村劳动图景。这个叙述者在调节福贵的回忆性叙述时,将故事切成了五个部分。第一部分:福贵败光家产的浪荡生涯。第二部分:福贵成为农民后,家珍回娘家及福贵的壮丁生涯。第三部分:"大跃进""文革"时期的生活及有庆之死。第四部分:凤霞出嫁和死亡,家珍死亡。第五部分:二喜和苦根死亡,福贵与老牛相伴。每个部分在人物命运的走向上,都有高有低,错落有致。

为什么要设立这样一个倾听者?显然是为了增加小说的真实性与代入感。叙述者的现代人身份和现场感,突出了小说的真实性;而倾听者的角色,也增加了读者的代入感。所以,他将福贵引入叙事现场之后,自己就马上变成一个忠实的倾听者了,或者说,变成这部小说的记录者了,而福贵的自我讲述,则成为《活着》的全部意义。

作为二级叙述者,福贵所讲述的是自己的经历。这是小说叙事的主体部分。既然福贵是在进行自我讲述,那么小说的叙述就不可能是纯粹客观的,而是必然带着讲述者的情感,也必然要对叙述者的自我经历进行一些回忆性的重构。因为人的所有记忆都具有重构性质。记忆不是一成不变的客观存在物，随着时间的流逝，加之生命自身遗忘本能的作用，记忆常常会出现流失、模糊乃至变异。一方面，它指向历史，甚至具有还原历史、修正历史、补充历史的作用。所以，很多从事历史探究的人，都念念不忘所谓的"口述史"，力图通过历史事件的参与者或见证人，强化历史的真实性和客观性，突显历史的现场感。但另一方面，记忆又依托个体生命的心理流变，呈现出变动不居的状态，增强或削减都不可避免。而文学对记忆的迷恋，在很大程度上，恰恰不是倾心于它的客观性和实证价值，而是钟情于它的可塑性。可塑性勾起了创作主体对过去的热忱，为作家的创作提供了一个相对稳定的时空环境，使虚构获得了某种必要的基石，同时也激起了他对过去的想象和重构，包括以现时性的眼光对记忆的重审。马尔克斯笔下的马孔多、福克纳笔下的约克纳帕塔法、苏童笔下的香椿树街、莫言笔下的高密东北乡，与其说是作家自觉建立起来的一个相对稳定的艺术世界，还不如说是作家的个人记忆为其提供的一个审美舞台。因为它们都明确地烙下了作家们的童年记忆，是作家们在成长过程中所形成的有关世界的原始"图谱"。

作家不仅仅对于记忆有着特殊的重塑意愿,对于笔下的人物同样如此。或者说,作家对任何记忆的重塑,本质上就是借助人物的自我重塑来实现的。所以,当这种记忆在福贵的心里被打开之后,我们会发现,它始终呈现出"福贵式的讲述"——它始终沉浸在亲情和暖意之中,不断游离于客观之外,他讲述的是自己的生活,而不是别人眼中的幸存。可以说,正是福贵的自我回忆,彻底改变了这部小说叙事的苦难基调,也使我们真切地看到,福贵对物质性的苦难生活留恋不多,但对亲人的死亡、血缘亲情的细节性讲述,都极为细腻。他的回忆仿佛一首长调,包含了浓厚的温情和生命的眷恋,而不是一种单纯的控诉。这种回忆性的叙述基调,构成了整部小说温暖的底色。

当然,作为一级叙述者,"我"是福贵回忆的记录者。"我"有权对福贵的讲述进行重构,也会不自觉地修正福贵的某些讲述。事实上,在《活着》中,"我"并没有随意重构福贵的讲述,使叙事仍然保持着口语化、平静化的特征,这说明"我"作为一个记录者对福贵讲述的认同,也折射了"我"对福贵命运的同情,使《活着》成为一部极简主义的典范,赢得了某种近乎透明的审美效果。所以我们说,在《活着》中,余华摒除了一切知识分子的叙事语调,摒除了一切过度抽象的隐喻性话语,也摒除了一切鲜明的价值判断式的表达,而将话语基调严格地建立在福贵的农民式生存背景上。因此,它的话语始终在福贵的自我复述中呈现出一种最朴素、最简洁的审美特征,也使整个叙事呈现出高度的完整性和简洁性。这种最朴素的叙事方式所带来的最直接的审美效果,就是使故事自身的情感冲击力获得了空前的加强,创作主体的悲悯情怀自始至终地洋溢其中。事实上,很多人读《活着》都会不自觉地流下悲情之泪,都会情不自禁地感伤不已,就是在于福贵的自我复述不仅是简洁明了的,而且是充满情感力量的。它沿着福贵自己的回忆奔跑,同时又在福贵的每一次人生悲剧中辗转反侧、迂回徘徊,将福贵自己的内心感受完整无遗地传达出来,使故事中的悲剧事件与人物的精神冲击紧密地联系在一起,突显了人物情感的悲悯和无助,也为读者的审美接受提供了巨大的共鸣空间,使读者在福贵的苦难复述中自然而然地受到感染。

总之,《活着》在表达"活着就是人生最基本的要求和信念"中,不仅使余华感受到了人物自身独有的力量,感受到了命运的诡秘和无助,感受到了生命在受难中的特殊温情,使他内心深处的悲悯意识再一次被激活,而且还让他意识到了自己作为一个训练有素的作家,在叙事中应如何将自己的情感取向融入人物的精神之中,使人物在沿着自己命运奔跑的时候,不但没有削弱创作主体的情感,反而使自己的情感更加丰富起来。所以,余华说:"到了今天我才知道,当你丰富的情感在一种训练有素的叙述技巧帮助下表达出来时,你会发现比你本身所拥有的情感更加集中、更加强烈也更加感人,技巧在某种程度上是帮助它,也就是为自己的情感建造一条高速公路,两边都有栏杆,把不必要的东西拦在外面。"[①]而这一点,随着艺术观念的更加自觉,余华在后来的作品中也表现得更为熟练,更显浑然一体。

---

① 余华:《我能否相信自己——余华随笔选》,人民日报出版社1998年,第220页。

第五章　论《许三观卖血记》

　　1995年,《许三观卖血记》在《收获》第6期发表。按照余华自己的计划,这一年他给《收获》开设短篇小说专栏,一期一篇。在完成《我没有自己的名字》《他们的儿子》2部短篇之后,余华开始写作《许三观卖血记》,结果一发而不可收,最终形成了一部16万字的长篇,导致他在《收获》的短篇专栏也随之夭折。或许是源于短篇的最初构想,所以《许三观卖血记》是一部故事结构显得比较简单的小说。它叙述了丝厂普通工人许三观因生活所迫,常常靠卖血来维持家庭,用卖血来对抗苦难,并由此展示了一个普通中国家庭40多年间曲曲折折的日常生活。

　　从某种意义上说,《许三观卖血记》仍然承续了《活着》的基本主题——生命的受难本质。它同样以博大的温情描绘了磨难中的人生,以激烈的故事形式表达了人在面对厄运时求生的欲望,以种种不可预测的劫难展示了人物的韧性品质,就像余华自己所说的那样,它仿佛是一条绵延的道路,一条亘古的河流,一条雨后的彩虹,一段不绝的回忆,一首有始无终的民歌,道出了一个人平凡而又不凡的一生。所不同的是,《活着》里的福贵面对死亡一次次无情的打击,依然要顽强地活下来;而《许三观卖血记》里的许三观面对一次次生活的难关,用自己的鲜血开始了漫长的救赎。《活着》从审美追求上说,更加凝重、凄凉,更加侧重于人物的内心之苦以及家庭伦理上的温情冲击;而《许三观卖血记》则显得轻逸、幽默、诙谐,夸饰的情趣和喜剧的氛围更为明显。所以,夏中义先生认为:"若曰'卖血'是另一种'活着',那么,'活着'便是另一种'卖血'。"[①]言外之意,它们都是通过极致性的生存方式,表达了对苦难的承受勇气,展示了生命的坚韧质地。

一

如同《活着》一样,《许三观卖血记》的故事看起来非常

---

① 夏中义:《学人本色》,广西师范大学出版社2004年版,第181页。

简单,无论人物、情节、结构,都非常单纯,并不存在十分复杂的叙事特征,就像国外的评述所言,它"没有绚烂的情节,只有一个简单的故事,一个民间故事:一个中国家庭忍受贫穷、饥荒以及随后的'文化大革命'……这听起来似乎很严峻,或者很糟糕,但余华令人惊悚而滑稽的风格使小说避免了感伤主义的情调……小说看似普通,却结构巧妙、文字优美,让人难以拒绝,令读者一唱三叹、回味无穷"[1]。的确,要真正把握这部看似单纯的小说,洞悉它的审美内涵,仍然不是一件易事。为此,我们有必要从几个关键词入手,通过这些核心词语的文化密码,来解析它的精神肌理。

先说卖血。人体之血在中国人的生存观念中,并不是一种简单的商品,而是有着重要的伦理意味。它源于族群的血缘之根,隐含了"卖血即卖命"的文化伦理,在中国人的心目中,具有极为重要的生存价值,在文化学上也具有极为丰富的隐喻意义。就日常生活中的现象来说,血与生命几乎处于同等地位,卖血意味着生存遭遇巨大危机后的无奈选择,是生存绝境的另一种表现。《活着》中的有庆,正

---

[1] 《波士顿环球报》2003年12月21日书评,见余华:《许三观卖血记》,作家出版社2012年版,第256页。

是因为献血而死。张闳在《血的精神分析》一文中,曾经将血在中国作家笔下的表现意象分为三类:"作为祭品的血""作为物品的血""作为商品的血"。这种分析,无疑暗示了血对于中国人的生命有着极为特殊的意义。[①]《许三观卖血记》以将近半个世纪的时间跨度,讲述了某个江南小城里的运茧工许三观以卖血为生的故事。按张闳的理解,这里的血显然是作为一种商品表现出来的。那么,"作为商品的血",它的价值和交换价值是如何体现的呢?我们可以通过小说的具体情节来进行个案考量。

细读《许三观卖血记》,余华累计写了许三观的十二次卖血经历:

第一次:与爷爷村庄的阿方和龙根一起去卖血。理由:卖血是自己身子骨结实的一个最有力的证明。结果:高兴地获得了三十五元卖血钱,并顺利地娶回了"油条西施"许玉兰。

第二次:独自拿着一斤白糖找李血头卖血。理由:不是自己亲生儿子的一乐打破了方铁匠儿子的头,对方拉走了他的家具强迫他支付医药费。结果:支付了医药费,换回了

---

① 张闳:《血的精神分析》,《上海文学》1998年第12期。

家具,但是被许玉兰张扬了出去。

第三次:意外地碰见进城卖血的阿方和龙根,便和他们一起去卖血。理由:一看见龙根他们来卖血,许三观觉得自己身上的血也痒起来了。结果:买了十斤肉骨头等东西,送给让自己占了便宜的工厂同事林芬芳,结果私情暴露,卖血钱被妻子收缴,全家人都穿上了新衣。

第四次:三年困难时期,许三观独自一人去卖血,并给了李血头五元钱回扣。理由:一家五口人喝了五十七天的玉米粥,饥饿难耐。结果:全家人去胜利饭店吃了一顿面条。

第五次:许三观独自去卖血。理由:一乐下放农村回来时,连路都走不动了,在返回农村的路上,一路扶着墙哭着走。结果:给了一乐三十元钱,让他和二乐在农村与队长搞好关系,争取早点回城。

第六次:一个月之后,许三观又去卖血,意外地碰见龙根也来卖血,经过龙根的说情,李血头同意了许三观卖血。理由:二乐下放的村队长来城里了,家中无钱招待村长。结果:完成了招待任务,自己差点晕倒,而龙根则因为这次卖血而丧命。

第七次到第十一次:许三观先后在通往上海的林浦、百里、松林、黄店、长宁等地方进行了五次卖血。理由:一乐得了肝炎,已在上海医院急救,许三观四处借钱而不得,为救一乐的命,只好一路往上海方向卖血筹钱。结果:途中几次因卖血晕倒,差点送掉性命,但一乐和自己最终都活下来了。

第十二次:许三观退休之后,独自一人再去卖血。理由:十一年没卖血了,以前都是为他人,今天要为自己卖次血。结果:医院里年轻的血头不但不要他的血,还说他的血只配做油漆,让他泪流满面。

从上述的统计情况来看,许三观的卖血是始于好奇,终于慰藉,虽然第一次和最后一次的卖血都滑出了自己的预想目标,但是,它使许三观的卖血行为形成了一个自我封闭的人生圆圈,非常完整地记录了许三观以卖血来拯救苦难的现实性生存目标。因为,除了开始和结尾的两次之外,在剩余的十次卖血过程中,有七次是为了一乐,一次是为了二乐,一次是为了私情,一次是为了全家,其卖血的结果,也都基本上达到了许三观的预期效果。也就是说,他通过自己的血液,在商品化的交换法则中,实现了自我生命的哺育功能(即使用价值),使家庭摆脱了一次次的绝境,使孩子们的生命获得了延续,就像许玉兰最后向儿子们诉说的那样:"你们是他用血喂大的。"

但是,这并不是小说的关键。《许三观卖血记》的复杂在于,余华在小说中设置了三重伦理:卖血的文化伦理,父子的血缘伦理,世俗的道义伦理。这三种伦理相互交织,处于伦理中心的许三观才被榨出了人性的诸多本相。也就可以说,这部小说是通过伦理的冲突来表现人性面貌的。因为从中国传统的伦理体系上说,父母卖血养家糊口虽然是历史的隐情所迫,但也符合中国乡村社会的基本生存观念。但许三观先后用七次卖血行为来拯救一乐,而一乐却并不是自己的儿子,是妻子许玉兰和何小勇的私生子。面对这个有悖于人伦和尊严的尴尬现实,许三观在极度的内心煎熬与挣扎中所做出的努力,无疑使小说内在的震撼力大为加强。众所周知,在中国传统的伦理操守中,血脉的传承谱系非常严格,所谓"非我族类,其心必异",不是我身上流出来的血脉,就不可以成为我的亲骨肉,所以许三观的感受是,一乐即使叫自己亲爹,他也是别人的儿子,自己则当了多年的王八乌龟。从另一方面说,在中国"三纲五常"观念的影响下，妻子的背叛对丈夫的打击是最为致命的，因为它直接颠覆了男人做人的尊严底线，具有不可饶恕的罪责，何况这件事还被许玉兰大肆张扬了出去，成为众人皆知的秘密，使得许三观的精神受到了空前的伤害。在这种道德观念的驱使下，要让许三观用自己的鲜血供养"别人的儿子"，显然已不仅仅需要经受身体的考验，更需要承受心理的考验，说得重一点，是需要承受道德和尊严的巨大煎熬。

正因如此，许三观的卖血行为就不仅仅是一种简单的商业行为，他的血也不只是一种单纯的"商品的血"，卖血与施爱的过程超越了父与子的生命范畴，甚至蕴含了许三观对自我生存的道德追问和伦理冲撞。所以，王安忆认为："余华的小说是塑造英雄的，他的英雄不是神，而是世人。但不是通常的世人，而是违反那么一点人之常情的世人。就是那么一点不循常情，成了英雄。比如许三观，倒不是说他卖血怎么样，卖血养儿育女是常情，可他卖血喂养的，是一个别人的儿子，还不是普通的别人的儿子，而是他老婆和别人的儿子，这就有些出格了。像他这样一个俗世中人，纲常伦理是他的安身立命之本，他却最终背离了这个常理。他又不是为利己，而是问善。这才算是英雄，否则也不算。

许三观的英雄事迹且是一些碎事,吃面啦,喊魂什么的,上不了神圣殿堂,这就是当代英雄了。他不是悲剧人物,而是喜剧式的。这就是我喜欢《许三观卖血记》的理由。"王安忆的这段话,的确道出了许三观不同凡响的人格品质,也说明了许三观卖血的核心意义——它体现了道义的力量对自我尊严的战胜,体现了利己的愿望对生命尊重的膺服,也体现了一个俗世中的人在战胜自我的过程中,走向"问善"的不朽品质。

正因为人体之血在中国文化伦理中具有特殊的地位,所以卖血常常承载了某种庄严的献身意义。这种意义的彰显,主要体现为仪式。在《许三观卖血记》中,许三观对血的认识,首先是在爷爷村子里获得的。在那个以卖血为生的村子里,村民们的观念是,卖血是自己身子骨结实的最可靠的证明,也是一个男人能够成家立业的基石。一个男人看起来粗粗壮壮,倘若不能卖血,不能吃饭,那就说明"身体败了",也说明他将不具备生存能力。接着,根据龙根和阿方的解释,血是男人的力气,卖血就是卖力气。但是,城里人却不这么认为。许玉兰得知许三观卖血了,就急急地吼道:"我爹说,宁可卖身也不能卖血,血就是命。"当然,无论人们对血的理解如何不同,有一点是相同的:血是生命中最为有限的资源,它与生命的存活息息相关。

唯因如此,每次卖血,卖血者都有自己的一套严格的仪式。譬如,卖血前,一定要喝上几大碗水,直到牙根发酸为止,以便能尽量地增加自己的血液(为此,阿方憋坏了膀胱,弄败了身体)。卖完血,一定要在饭店里炒一盘猪肝,喝二两黄酒,而且酒一定要温一温,目的是补回一些生命的元气。鉴于供大于求的市场现实,卖血者还必须与血头建立必要的情感关系,这也是一个不可或缺的卖血环节。这种将卖血过程充分仪式化的伦理规则,看起来有点荒诞可笑,其实却隐含了对血的敬重和对生命的崇拜。丹尼尔·贝尔曾说:"仪式首先依赖一种神圣和亵渎之间的明确界限,这一界限是所有参与文化的人一致同意的。仪式把守着神圣的大门,其功能之一就是通过仪式唤起的敬畏感保留不断发展的社会必不可少的那些禁忌;仪式,换句话说就是对神圣的戏剧化表现。"[1]既然卖血就是卖自己的力气,就是卖自己的身子骨,就是彰显自己强悍的生存能力,那么,对血

---

[1] [美]丹尼尔·贝尔:《资本主义文化矛盾》,赵一凡、蒲隆、任晓晋译,生活·读书·新知三联书店1989年版,第192页。

的神圣表达,就如同对生命自身的敬畏一样,在质朴的乡村平民心目中,便演化为这种难以理喻的仪式。

就像任何仪式的精神价值永远大于实用价值,其戏剧化的表演形式永远大于实际内容一样,《许三观卖血记》中的这套卖血仪式,同样也没有多少实用价值和实际内容,但是它具有非常重要的精神价值。因为在这套仪式中,隐含了血与生命的互补关系,隐含了卖血者对自己结实的身子骨的企盼,也隐含了他们对生命本体强悍基质的自然崇拜,所以,在许三观的心目中,这种仪式以其神秘的戏剧性方式寄寓了某种神圣化的生存理念。正因如此,每次卖血,许三观基本上念念不忘这套仪式。有几次因为匆忙或忘了喝水,或没有吃上猪肝,许三观的精神甚至会立即出现异常的波动。

这套卖血仪式不仅在叙事上带来了某种喜剧化的效果,而且还催生了另一个具有象征功能的符号——胜利饭店。在小说中,胜利饭店虽然是江南小城里的一个很不起眼的小饭店,但是,它频繁地走进许三观的生活,成为一个巨大的幸福归宿。在那个物质极度贫乏的年代,任何小小的饭店都是一种奢侈的存在,胜利饭店当然也不例外。因此,能走进胜利饭店不仅是豪迈的,也是满足的。遗憾的是,除了最后一次进这个饭店显得从容之外,其他几次都需要许三观卖血才能实现。

除了卖血的仪式之外,《许三观卖血记》中还有一个重要的仪式:喊魂。但余华对这个仪式的处理是"醉翁之意不在酒",也就是说,喊魂的仪式本身并不是叙事的目的,而是通过喊魂这一仪式来撕开人物内心的伤痛。根据城西那位中医兼算命的老头的解释,因车祸受伤的何小勇的魂可能已经从自家烟囱里飞走了,唯一的办法是让自己的亲生儿子坐在烟囱上,对着西天喊:"爹,别走;爹,你回来。"而且要喊半个时辰。何小勇没有儿子,但是鉴于许一乐的血缘关系,于是何小勇的妻子只好反复上门求助于许三观。因此,在这个仪式面前,许三观所面临的是一场空前的伦理冲突:一方面,如果让一乐去为何小勇喊魂,这就等于向全城的人公开了一乐不是自己的儿子,自己是一个不折不扣的戴绿帽子的人,是一个缩头乌龟,而这对于一个男人来说,无疑是一种最残酷的打击,也是一种最惨烈的伤害;另一方面,如果不让一乐去为何小勇喊魂,那么又有悖于做人的基本道义,颇有些见死不救的意味,其背后还隐含了良心缺席的道德谴责。因此,当许三观决定让一乐前去为何小勇喊魂时,其内心正面临着一种撕裂的剧痛!而这种巨痛,随着许三观不得不来到现场,并被迫当着广大看客的面开导一乐,让一乐坐在屋顶上为何小勇喊魂,又被深深地撕裂了一次。当然,在这种苦难和耻辱的背后,许三观的忠厚品质也获得了极大的彰显。

二

意大利的一篇书评认为,在《许三观卖血记》中,"作者运用充满智慧的平衡手法叙事,笔锋一转,创造出一个充满悬念的'生活魔术',不断重复一些情节和词句,好像在讲述一个通俗易懂的童话故事一样。这部优秀的小说为我们描绘了一幅并不完美的人生图景,但是却有趣而熟悉。卖血是为了娶亲,是为了救治重病的儿子,是为了郑重款待以为贵客,是为了赎回抵押了的物件,是为了不被饿死,是为了生存,但是最终,还是为了爱和可笑的尊严"[①]。的确,无论是为了什么目标,许三观一次次卖血,在叙事上无疑形成

---

① 意大利 Gazzetta di Parma1999 年 4 月 25 日书评,见余华:《许三观卖血记》,作家出版社 2012 年版,第 261 页。

了一种重复,这种重复,体现出明确的音乐节奏。余华自己也说道:"音乐开始影响我的写作了,确切的说法是我注意到了音乐的叙述,我开始思考巴托克的方法和梅西安的方法,在他们的作品里,我可以更为直接地去理解艺术的民间性和现代性,接着一路向前,抵达时间的深处,路过贝多芬和莫扎特,路过亨德尔和蒙特威尔第,来到了巴赫的门口。……我第一次听到的《马太受难曲》,是加德纳的诠释,加德纳与蒙特威尔第合唱团演绎的巴赫也足以将我震撼。我明白了叙述的丰富在走向极致以后其实无比单纯,就像这首伟大的受难曲,将近三个小时的长度,却只有一两首歌曲的旋律,宁静、辉煌、痛苦和欢乐地重复着这几行单纯的旋律,仿佛只用了一个短篇小说的结构和篇幅表达了文学中最绵延不绝的主题。"[1]正因为对音乐的喜爱,尤其是对巴赫的喜爱,余华渐渐地萌生了一个强烈的冲动,"就是要用巴赫的《马太受难曲》的叙述方式来写。巴赫是我最喜爱的作曲家,我对《马太受难曲》的喜爱就像对《圣经》的喜爱一样无与伦比。《马太受难曲》是一部清唱剧,两个

---

[1] 余华:《音乐影响了我的写作》,上海文艺出版社 2004 年版,第 8—9 页。

多小时的长度,可是里面的旋律只有一首歌的旋律,而它的叙述是如此丰富和宽广。所以我现在越来越喜欢古老的艺术,因为它们有着一种非常伟大的单纯的力量"①。将《马太受难曲》中"伟大的单纯的力量"演绎成小说的叙述手段,使小说成功地吸取经典音乐中的非凡与简约,这便是《许三观卖血记》在叙述方式上所体现出来的审美理想。

所以,《许三观卖血记》在叙事结构上非常单纯,始终是两个人和一个家庭以不断重复的情节方式在漫长岁月中发展。这种重复的情节,就像音乐中的旋律和织体,以自身完整的结构单元一次次地再现出来,从而形成了对叙述主题的一次次强化、一次次升华。同时,这种重复的存在,也有效地阻遏了叙事向其他方向蔓延,控制了人物发展的空间结构,保证了整个故事的单纯和完整。为此,余华自己在中文版的序言里说:"这本书其实是一首很长的民歌,它的节奏是回忆的速度,旋律温和地跳跃着,休止符被韵脚隐藏了起来。作者在这里虚构的只是两个人的历史,而试图唤

---

① 余华:《我能否相信自己——余华随笔选》,人民日报出版社1998年版,第242—243页。

起的是更多人的记忆。"①

在《许三观卖血记》中,叙事的重复当然最突出地表现在卖血事件上。它就像音乐中的一段旋律,被余华不断地演绎了十二次,尽管每一次重复的理由和目的都不一样,但是,就卖血事件的过程来说,却有着惊人的一致性——从卖血前的喝水和贿赂血头,到卖血后去胜利饭店吃猪肝、喝黄酒。这种具有某种强烈的仪式化特征的情节重复,不仅使许三观的卖血价值得到了不断的加强,也使整部小说的悲情力量获得了不断的提升。从主题上说,它突显了许三观作为俗世英雄的牺牲品质,突显了他在面对苦难时和在拯救苦难过程中所展示出来的非凡勇气,也突显了中国底层平民在寻求生存意愿的过程中所表现出来的韧性品质。因为重复就是加强,重复就是使话语内在的意义获得增加,就像《活着》是通过死亡的一次次重复来加强福贵的伤痛与悲情一样,《许三观卖血记》中对卖血事件的重复叙述,使卖血背后的苦涩与无奈也得到了空前的突显。

除了卖血事件的重复之外,《许三观卖血记》在处理一

---

① 余华:《我能否相信自己——余华随笔选》,人民日报出版社1998年版,第136页。

些相对激烈的人物内心冲突时,同样也使用了大量的重复。譬如随着一乐不是许三观亲生儿子的真相的公开,许玉兰一次次地坐在门槛上面对大街哭诉,而且哭诉的内容都相差无几;譬如许玉兰生下一乐、二乐、三乐时在医院产房里的号叫,虽然号叫的长度因为分娩时间的长短而不同,但是其情感宣泄的效果完全一样;譬如一乐知道自己的身世之后,对母亲心存羞愤而又无从爆发,许玉兰叫他帮忙做些家务时,他便一次次地推托……所有这些叙述细节的重复,往往都是人物处于内心挣扎的焦灼时刻,他们无处诉说或者无法诉说,于是便选择了某种机械式的重复来展示内心的精神状态。应该说,这是余华惯用的心理叙事手法,即不直接深入人物的内心世界去临摹他们的心理活动,而是通过一系列外在的言行来撕开人物隐秘而复杂的心理状态。像许玉兰坐在门槛上欲盖弥彰的哭诉,就使自己无法坦白的隐情找到了宣泄的通道,并由此缓解了丈夫许三观的穷追猛问所带来的耻辱和尴尬。而一乐对母亲的吩咐的一次次拒绝,也使一个少年对自己身世的耻辱和不公、对母亲行为不检的怨怒、对父爱渐失的不安和恐惧获得了细腻的表达。

当然,从审美效果上说,这种重复的运用,特别是某些细节的重复运用,还大大加强了整部小说的喜剧化色彩。根据柏格森的解释,"重复"是喜剧的常用手法之一。"重复"的喜剧性品格来自对人的物化的机械性的揭示。"在某种意义上,我们可以说,一切性格都是滑稽的,如果我们把性格理解为人身上预先制成的东西,理解为如果人的身子一旦上了发条,就能自动地运转起来的机械的东西的话。这也就是我们不断地自我重复的东西,从而也就是我们身上那些别人可以复制的东西。"① 因此,无论是许三观还是许玉兰,他们正是在这种不断重复的节奏中,体现了一种喜剧化的人格特征。这种喜剧化的人格,虽然无法从根本上消解人物苦涩的生存境遇,也难以在本质上化解人物的内心煎熬,但是,它让人物不断地获得了暂时性的心理平衡,使他们有效地摆脱了日常生活伦理所带来的种种困扰。所以,许三观不无得意地说:"经常做善事的人,就像我一样,老天爷时时惦记着要奖励我些什么,别的就不说了,就说我卖血,你们也都知道我许三观卖血的事,这城里的人都觉得卖血是丢脸的事,其实在我爷爷他们村里,谁卖血,他们就说谁身体好。你们看我,卖了血身体弱了吗?没有。为什

---

① 转引自张闳:《血的精神分析》,《上海文学》1998年第12期。

么?老天爷奖我的,我就是天天卖血,我也死不了。我身上的血,就是一棵摇钱树,这棵摇钱树,就是老天爷给我的。"

总之,余华采用音乐的节奏方式去讲述许三观壮美的人生历程,通过对音乐中重复叙述的巧妙运用,这部小说以"卖血"为主旋律,奏出了许三观丰富的感性世界和高尚的人格情操。这里的"卖血",恰似许三观整个生命进行曲中的一个个"高音"被反复弹奏,而且"卖血"的音值不断增长,使许三观的丰富人格也得到了充分的体现。

与这种重复的音乐节奏构成紧密呼应的,是这部小说叙事上的对话。可以说,《许三观卖血记》在整体上主要以对话构成,通过对话展示人物内心世界,借助对话推动故事情节的发展。在《内心之死》中,余华曾多次婉转地提到,对于心理叙述,他已从海明威、陀思妥耶夫斯基等作家那里找到了捷径,但是,他非常害怕写对话,有时怎么写都觉得写不好。而当他创作《许三观卖血记》时,他发现自己终于成功地解决了这一写作障碍。"这是完全用对话来完成的一部小说,当然不长,要是更长的话,可能就困难了。所以当这部小说写完以后,我觉得我过了写对话的难关了,我觉得对话不仅仅是人物的发言,对话还表达了作家对这个人物、对这个事件的洞察的一种能力,这个非常重要。当你写一个农民,外形再像农民,要是他一开口说话,就像苏州大学中文系的教授说的话,那肯定是不对了。"[1]余华的这番坦言,确实道出了自己写作的困境与超越的过程。在《活着》中虽然也有对话,而且也不乏精彩之处,但是其叙述的内驱力仍然来自福贵自身的讲述。而《许三观卖血记》则选择了完全局外的第三人称视角,这也意味着,它的对话必须由叙述者根据人物的身份和心理状态做出准确的表达。

事实也是如此。在《许三观卖血记》里,几乎所有的故事情节发展、历史跨度的跳跃、人物矛盾冲突的处理,都是通过对话来实现的。可以说,对话成为这部小说叙事上的第一推动力,也是叙述摆脱纯粹的心理描写而彰显人物内心世界的重要手段。它使小说有效地摒除了一些故事背景的介绍,在把握叙事节奏、控制叙事进程上,发挥了极为出色的作用,也使人物获得了自己真正的声音,作者不再成为一位叙述上的侵略者。"书中的人物经常自己开口说话,有时候会让作者吓一跳,当那些恰如其分又十分美妙的话在虚构的嘴里脱口而出时,作者会突然自卑起来,心里暗

---

[1] 余华:《说话》,春风文艺出版社2002年版,第86页。

想:'我可说不出这样的话。'然而,当他成为一位真正的读者,当他阅读别人的作品时,他又时常暗自得意:'我也说过这样的话。'"①换句话说,《许三观卖血记》之所以能够保持极为单纯的故事走向,使简约的叙事风格获得了极致化的彰显,人物沿着自己的个性自由地伸展,对话的作用几乎是不可或缺的关键。譬如,小说的第六章就完全是通过对话来完成叙述的。这段对话虽然带有某种重复的意味,但它的核心意图是为了展示许三观的报复方式。众所周知,耻辱通常是报复的开始。许三观突然知道儿子一乐不是自己生的,而且还是长子,而且自己还用卖血的钱养了他这么多年,面对这种奇耻大辱,他当然要本能地报复自己的老婆。

但许三观的报复方式是很奇特的,也是很了不起的。他不去揍何小勇,也不去暴打许玉兰,而是用"精神折磨法"——他要让自己不断地"享受"来惩罚许玉兰。所以我们看到,前四次对话是以一种递进的方式滑行的——从拒绝背米到拒绝揪床单,再到拒绝搬箱子,最后到拒绝上桌吃

---

① 余华:《我能否相信自己——余华随笔选》,人民日报出版社1998年版,第136页。

饭,这四种场景,看似一次比一次"轻",一次比一次转向非公众性,一次比一次更接近许三观的"享受"愿望,而实质上却一次比一次更具有潜在的惩罚力度,也一次比一次更显得无奈和无助,一次比一次更深地揭示出许三观的内心之痛。因为许三观所拒绝的事情与他的惩罚力度恰恰构成了反向类比,拒绝的事情越小,就意味着惩罚的力度越大,内心的痛苦越深,报复的欲望越强。而许玉兰的妥协也是如此——她一步步地忍受,直到最后连饭碗也要端到许三观的手里,同样说明了她对自己不检点的行为的认罚态度。这里,许三观真正享受到的,不是因慵懒而带来的肉体舒适,而是因惩罚而带来的精神快意,而且随着这种快意的加剧,绝望情绪也在不断地弥漫。正当这种绝望与惩罚达到无以复加的程度时,我们看到,在最后一次对话中,许玉兰以一种夫妻生活的暗示性语言,终于巧妙地化解了这场家庭危机——许三观不是再度拒绝,而是迫不及待地爬上了床。如果说许玉兰有什么智慧,那就是她能够在丈夫固执地走向绝望时,及时地在他的脚下铺设了一道非常柔软的台阶。

同样的对话效果还表现在那场美妙绝伦的"嘴巴炒

菜"中。在全家喝了五十多天的玉米粥之后,在老婆和儿子饿得连觉都睡不着的时候,许三观以他怪诞的机智和盲目的乐观主义情绪,在深夜的床上为全家人举行了一次空前的精神大会餐。而且,在这次会餐中,除了非常响亮的口水声来自描写之外,其余的美妙体验都是来自对话。许三观发挥了一个小市民最奢侈的想象力,将红烧肉、清蒸鲫鱼、炒猪肝的制作过程、吃起来的口感以及达到的生理效果极为详细地表述出来,使苦难、饥饿和无望真正地获得了一种戏剧性的、具象化的着陆。对此,批评家张清华认为:"这一小节叙述改变了我的看法,也使我对余华的阅读与理解上升到一个新视界。我知道这样的描写是一种标志,在此之前,不只关于一个年代的饥饿记忆的描写已经多得可以车载斗量,而且它们给人的感觉也是如此地相似,只有这个让人发笑的故事才震撼了我:同样的经验原来可以用如此不同的'经验方式'来表达。"[1]

围绕一些关键词的解析,我们重新审视这部小说,就会发现一个不同寻常的现象:从表面上看,它似乎是一部人人

---

[1] 张清华:《文学的减法——论余华》,《南方文坛》2002 年第 4 期。

都能读懂的写实主义作品,是一部中国江南民间生活的悲喜剧。它有苦难,有耻辱,有感伤,甚至有时还有绝望,但是它苦中有乐,虽辱犹荣,洋溢着底层生活的自在与自足。而从审美内蕴上看,它显然又超越了一般的写实主义作品,隐含了某些生命存在的悲剧性本质。尤其是许三观身上所表现出来的各种具有宿命意味的命运,使他在面对多难的历史和不可预测的人生际遇时,总是能够从容地消解失败所带来的内心盘压。余华自己曾说:"他(许三观)是一个时时想出来与他命运作对的一个人,却总以失败告终,但他却从来不知道他失败,这又是他的优秀之处。"[1]但是,严格地说,许三观并不是不知道自己失败,而是面对这种失败,他知道自己无力去战胜,所以他总是通过民间特有的智慧去消解了它们,而不让它们成为自己生活中居高临下的一块块磐石。当他最后无力绕过那些磐石时,他便愤愤地说:"屌毛出得比眉毛晚,长得倒是比眉毛长。"这句民间俚语,与其说是命运对许三观一生的嘲解,还不如说是许三观对生命存在的一种阿Q式的自我慰藉,是他对无法逾越的苦

---

[1] 余华:《我能否相信自己——余华随笔选》,人民日报出版社1998年版,第219页。

难及其本质的生动比喻。

三

从《在细雨中呼喊》到《活着》,再到《许三观卖血记》,余华不仅跨越了从纯粹的理性主义向感性主义回归的重要鸿沟,而且还找到了传统与现代之间的精神通道,使自己站在现代性的立场上,重新发现了传统文学的内在价值。余华曾说:"事实上,文学的传统从来没有停止过变化,正因为这样,文学才在不断地发展。……文学的传统总能通过它自身的调节,来吐故纳新,有点像不断生长的生命,不停地变化着。传统是不会衰老的,它永远处于未完成的阶段。当它需要更新时,它就会出现阵痛,便意味着现代正在来临。现代根本不是传统的敌人,而是传统自我更新时的表达方式,或者说是传统能否生存下去的唯一手段。"[①]正是由于对文学传统的这一特殊理解,余华从20世纪90年代开始逐渐对过去的经典作品有了重新的认识,也对一些重要的传统文学表达方式产生了浓厚的兴趣。尽管这一认识

[①] 余华:《我能否相信自己——余华随笔选》,人民日报出版社1998年版,第175—176页。

并没有从本质上改变他的内心真实观,却对他的叙事形式以及审美趣味产生了重要的影响。

这种影响,并不只是表现为他对叙事话语单纯性和准确性的追求,也不只是表现为他对故事走向的完整性和人物命运的独立性的尊重,最重要的是,它表现为余华对生存苦难的深切关注和体恤,表现为他对日常生存中许多温暖人性的重新发现,表现为他对生命中善与真的敬畏。他说:"作家必须保持始终如一的诚实,必须在写作过程里集中他所有的美德,必须和他现实生活中的所有恶习分开。在现实中,作家可以谎话连篇,可以满不在乎,可以自私、无聊和沾沾自喜;可是在写作中,作家必须是真诚的,是严肃认真的,同时又是通情达理和满怀同情与怜悯之心。只有这样,作家的智慧才能够在漫长的长篇小说写作中,不受到任何伤害。"[①]这是余华首次对一个作家的基本品质进行自我设定,也表明了他在写作中开始召唤"诚实"和"问善"的伦理。同时,在这段话中,他还明确地表达了"同情与怜悯之心"对于作家作为一个精神劳作者的不可或缺,强调了悲

---

① 余华:《我能否相信自己——余华随笔选》,人民日报出版社1998年版,第185页。

悯情怀在写作中的价值意义和信念立场。

这种充满人道主义色彩的悲悯情怀的确立,自然是源于余华对苦难的特殊关注。20世纪90年代以前,余华常常是将苦难轻而易举地纳入人性恶的领域,使之成为一种人性恶的证明,所以,那个时期,他总是提着屠刀去对待苦难,甚至在某种程度上体现出一种对苦难的玩味之意。但是,从《两个人的历史》和《在细雨中呼喊》开始,这种情形开始悄悄地发生变化,苦难慢慢地剥离了人性恶的阴影,不再成为人性的简单注解,而是进入现实与命运对抗的潜在部位,成为作家展示人物生存意志的一种重要的精神基石。尤其是《在细雨中呼喊》里所透示出来的苦难意识,已带有创作主体的自觉意识。所以,我们看到孙光林的艰难成长已经超越了现实表象的苦难,而成为一种心理与生理的焦灼和无望。这是一种启蒙严重缺席的孤苦成长,也是一种凌乱的自我挣扎,它的苦涩源于亲情消失后的孤独、无助,源于友情的脆弱、功利。这种苦难,不是表象化的,而是精神化的;不是外显的,而是隐秘的。这种苦难,其实也折射了余华对那一代人内心经历的忧伤和叹惋,从某种意义上说,也可以视为余华自身精神成长史的一曲挽歌。

到了《活着》中,这种苦难意识和悲悯情怀获得了更进一步的强化。它直接将福贵安置在生与死的抉择中,以此来考验人在尘世中"活着"的基本品质和信念。在这部小说里,余华走出了对苦难与命运关系的单向梳理,走出了孙光林式的对苦难的无望叫喊,而是将存在的苦难本质与人的受难能力维系起来,从而向"活着"的高贵与不朽发出了真诚的邀请。从受难到发出终极呼告,福贵替余华找到了一条缓解苦难的有效途径——忍耐。正是因为忍耐的存在,这部小说变得沉郁、悲悯而又顽强、坚定,没有血与泪的控诉,也没有撕心裂肺的尖叫,更没有绝望的号啕,只有福贵在一个个亲人离去后的承受——那是一种无边无际的宽容和忍耐、坚韧与高迈。值得注意的是,福贵对苦难的忍受并非孤立无援的,而是建立在强大的伦理亲情之上的。无论是妻子家珍,还是女儿凤霞、女婿二喜、儿子有庆,都特别善解人意,都非常懂得亲情的温暖,都体现出某种自我牺牲的精神品质,而不是像孙光林的家庭中所出现的那种频繁的相互攻击和伤害。这种亲情的伦理温情,从某种意义上说,是《活着》中最为闪光的精神基点,它虽然加剧了福贵面对亲人逝去时的心理伤害深度,但也更有力地增强了福贵忍受苦难的心志和耐力。"以笑的方式哭,在死亡的伴随下活着。"这是余华对《活着》的感知,也是《活着》的核心寓意。它是以"地区性的个人体验来反映人类普遍生存的意义的寓言",但是它又"不离弃苦难的世界,绝非是乐意受苦",而是因为"人被迫漂流于无意义的生死之间,没有任何现实力量可以接济人进入纯洁的世界"[①]。质言之,这是人类存在的命运使然,而非主体的自觉选择,所以受难才是最根本的出路,也是人类之所以不朽的永恒品质。

随着《活着》的完成,这种对苦难生存的全力关注,已渐渐地成为余华精神深处的艺术目标。此时的他,已不再冷漠地拒绝现实,也不再自觉地将自己放在现实生活的对立面,而是带着自身特有的体恤之情,深入悲苦的现实命运中,深入扭曲的人性状态里,通过自身独到的探索与体验,以种种独标真悫的方式,将那些被不合理的现实世界所盘压、钳制的痛苦状态生动细腻地揭示出来,向人们提供人类精神境域的不幸真相,表达创作主体对世间温情与生存平等的捍卫立场,以及对多难的现实世界的沉思和忧虑。从

---

① 张清华:《文学的减法——论余华》,《南方文坛》2002 年第 4 期。

某种意义上说,余华所体现出来的那种深厚的人道主义力量和悲悯情怀,正是建立在这种对人类精神苦难的深度体察之中,并通过这种对精神苦难的深切体恤,将反抗的矛头直指现实世界中的看似正常实则极不合理的诸种事实。他的体恤,在很大程度上就是以更为尖锐的方式切入苦难的本源,切入历史与现实中被遮蔽了的种种生存的潜规则。

与这种强烈的苦难意识相呼应的,是余华在叙事话语上的那种温情与怜悯的语调。这种温情与怜悯的语调,既是悲苦命运在人物内心自然呈现的话语基调,也是作家自身体恤之情的自觉选择。余华原本是一个理智型的作家,他的叙事一贯带着超然的冷静特征,很少体现出某种温情的力量,创作主体的内在情感也始终被摒除在话语的流程之外。但是,从《在细雨中呼喊》开始,余华在面对深重的记忆和现实时,尤其是面对那些个体生命无法超越的苦难本质时,已无法做到叙事上的冷静,他的悲悯、无奈和体恤都会不自觉地随着人物的命运变化流淌出来。所以,在这两部作品中,我们可以感受到创作主体浓烈的情感辐射倾向,可以感受到一种无法言语的感伤、无奈甚至绝望的气息自始至终笼罩着整个话语,形成了一种温暖与悲悯的审美格调。

这种情形到了《许三观卖血记》中,可以说是获得了全面的爆发。如果说,《在细雨中呼喊》是写一个孤独的少年如何体验到了生存的苦难,《活着》是写一个成人在漫长的岁月中如何忍受生存的苦难,那么,《许三观卖血记》则写出了一个成人如何来消解生存的苦难。从体验苦难到忍受苦难,这已是人生的一次跨越,也体现了余华对苦难更深一层的理解。而从忍受苦难再到消解苦难,则无疑是人生更大的一次跨越,也折射了余华对苦难与生命存在思考的双向深入。事实上,在《许三观卖血记》中,卖血作为一种苦难的救赎方式,不仅从躯体上考验着许三观的强悍,而且还从伦理上考验着许三观的意志。这种伦理考验具有双重的精神压力:一是小城里的人视卖血如卖命,宁可卖身,不可卖血;二是一乐并非自己亲生的儿子,这是小城众所周知的事实,但自己还是不得不多次为一乐卖血。所以,许三观在以卖血的方式来消解生活苦难的同时,还通过它对抗世俗伦理的压力,承受道德伦理的胁迫和凌迟,并最终在精神上完成了自我的救赎。

除此之外,余华还将历史的巨大灾难融入个体生存的困厄之中。在小说中,许三观一家不仅经历了三年困难时期的饥饿,还经历了"文革"中的批斗与被批斗、上山下乡的家庭变故。在三年困难时期的饥饿考验中,许三观不仅发明了"嘴巴炒菜"的"精神抗饥法",还以自身的孱弱之躯卖血换钱,让家人实实在在地温饱一下。在这种精神与物质的双重作用下,许三观一家五口仍然保持着特有的亲和力。面对"文革"中许玉兰的不断被批斗,许三观不仅以惊人的宽容消解了对许玉兰的愤恨,还以夫妻间特有的亲情给了许玉兰巨大的精神慰藉,使得许玉兰艰难地渡过了这次人格羞辱大于政治批判的人生劫难,维持了这个家庭的和睦与平安。在一乐和二乐在上山下乡运动中下到农村之后,为了极力挽救整个家庭随时随地可能发生的破碎和分裂,许三观同样也是不遗余力地一次次卖血。尤其是一乐得病之后,整个家庭更是在巨灾之前表现出了空前的团结——二乐将哥哥从农村连夜背回了家,又背到医院送往上海;三乐得知大哥生病,立即拿出了自己全部的工资;许三观更是一路卖血到上海,差点连命都卖掉。最后,当退休的许三观想通过自己卖血来重温往日的艰辛与幸福时,不但没能卖出自己的血,反而遭遇一次奇耻大辱,许三观为此痛哭不已,而许玉兰和三个儿子在得知这一消息后,火速赶到现场,为这位苍老的父亲化解内心之痛。所以说,许三观的卖血是消解苦难的一种方式,但是,这个特殊家庭所拥有的那种看似平常却极具温馨感的伦理亲情,同样也是消解苦难的一个有力的道具。而且,这种亲情的温情,既大大地提升了许三观卖血的意义,使他的生命之血"卖"得其所,又成为他们对抗历史不幸的精神支柱。因此,从某种意义上说,《许三观卖血记》所体现出来的消解苦难的策略,是以卖血为主轴、以亲情间的伦理慰藉和精神化的自我拯救为两翼的倾力出击。而这,也正是小说中悲悯力量的集中体现——它不再是孤独的搏斗,不再是无望的喊叫,而是一种质朴而崇高的相互支撑,是心与心的彼此安慰,是相濡以沫和相依为命的终极体现。

回到现实的底层,回到生命的存在,回到悲悯的情怀。这是余华90年代小说创作所显示出来的一个重要的艺术转变。他让我们看到了一个具有体恤情怀的作家,一个具有人道主义基质的作家,正在用他的悲悯之力,为那些善良而普通的生命寻找着苦难的救赎方式。"我知道自己的作品正在变得平易近人,正在逐渐地被更多的读者接受。不知道是时代在变化,还是人在变化,我现在更喜欢活生生的事实和活生生的情感,我认为文学的伟大之处就在于它的同情和怜悯之心,并且将这样的情感彻底地表达出来。文学不是实验,应该是理解和探索,它在形式上的探索不是为了形式自身的创新或其他的标榜之词,而是为了真正地深入人心,将人的内心表达出来,而不是为了表达内分泌。"[1]当然,这种悲悯力量的获得,在很大程度上也是归功于余华训练有素的叙述技能,归功于他对人物作为一个生命存在的高度尊重,特别是归功于他对话语内在力量的有效发掘。

---

[1] 余华:《说话》,春风文艺出版社2002年版,第114页。

第六章　论《兄弟》

经过了整整 10 年的盘旋与沉淀,余华终于完成了他的长篇小说《兄弟》。从表面上看,这部长达五十余万字的作品,不仅大大突破了他的以往长篇的"长度",而且在审美上更加突显了喜剧意味和荒诞色彩。但是,在它的文本内部,我们依然可以看出余华式的叙事风格,譬如简捷明快的故事结构、单纯有效的人物关系、异常流畅的话语叙述、准确敏锐的细节铺陈、丰厚耐读的意蕴空间……可以说,《兄弟》是一次裂变中的裂变,它既巩固和坚定了余华自身的某些艺术信念,又折射和暗示了余华试图进行自我超越的某些意图,也显示了余华在长篇写作上的勃勃雄心与强劲的叙事潜能。

一

如同余华其他的所有长篇一样,《兄弟》的故事再一次选择了伴随他整个成长过程的江南小镇。"我们刘镇的超级巨富李光头异想天开",余华写下第一句话时,就明确地表达了叙述者将是刘镇中的一员,他将根据隐含作者的内心意愿,置身于故事现场,从容地执行作者的叙事。随着刘镇的环境在小说中逐渐展示出来,人们越来越清晰地看到了它的江南特质及其独特的市井气息。"我只要写作,就是回家"[①],余华在多年前说过的这句话,除了表明地域文化对个人精神的潜在规约,其实也折射了余华在气质禀赋上对这种江南文化的深深眷恋。它让人想起福克纳对奥克斯福的执着、马尔克斯对马孔多的迷恋、鲁迅对鲁镇的牵挂,都带着某种不自觉的还乡式的内心皈依。只不过,《兄弟》的这次"还乡之旅"在时间上拉得更近。它将叙事时空确定在最近的四十年里,通过李光头和宋钢兄弟俩的恩怨情仇,将中国具有裂变意味的历史熔铸在一起,由此构成了

---

① 余华:《我能否相信自己——余华随笔选》,人民日报出版社1998年版,第251页。

对当代现实境域中平民生活的一种宏观性表达,就像余华自己在《兄弟》后记里所说的那样:"这是两个时代相遇以后出生的小说,前一个是'文革'中的故事,那是一个精神狂热、本能压抑和命运惨烈的时代,相当于欧洲的中世纪;后一个是现在的故事,那是一个伦理颠覆、浮躁纵欲和众生万象的时代,更甚于今天的欧洲。"①

从一个极度封闭的世界到一个迅猛开放的时代,这种裂变性的历史际遇所构成的巨大张力,以及其本身所包含的戏剧性因素,正是构成余华叙事冲动的一个重要的兴奋点。因为在以往的创作中,余华并不热心于那种宏观性的历史叙事。即使是像《活着》,涵盖了几个截然不同的时代和差不多四代人的生活,他也没有有意识地去突显历史自身的主体性特征,而只是将它们作为人物活动的一种虚拟的背景。但《兄弟》从一开始就将叙事的目标对准了历史本身,并从历史的整体性中选择一些带有普遍意义的具象符号,然后通过这些具象符号来营构故事冲突,在打开个人精神景观和人性面貌的同时,直逼历史的某些本质。

于是,我们看到,在《兄弟》上部里有三个非常典型的

---

① 余华:《兄弟》(上),上海文艺出版社2005年版,封底。

符号化情节:李光头通过摩擦电线杆来展示性启蒙,李光头通过偷窥美女的屁股获取三鲜面,"红袖章"们喊着口号在刘镇到处耀武扬威。应该说,这些都不是非常奇特的情节,甚至是从公众经验中就可以获得的常识,但是,它们无疑都直接反映了那个时代从精神到肉体被极度压抑的特殊征象。禁欲,以及由此而导致的人性扭曲,虽然不及"文革"对个人(特别是知识分子)命运和国家文明的整体性伤害,但是,它对普通百姓的生存来说,有着非同寻常的意义。余华自己曾说:"对很多作家都呈现过的这段历史,作家怎么表现、表达自己的思考和态度,找到独到的方式,把握时代的脉络,反映这个时代里人的处境和精神状态,这是需要智慧的。"[1]在余华看来,通过禁欲对平民百姓中造成的伤害来打开这段历史,虽然不乏某些思维上的落套,但仍不失为有效的方式之一。事实上,为了绕开这种落套的嫌疑,余华的确进行了某些饶有意味的努力。从故事的一开始,余华就让李光头进入了偷窥场景,而李光头的偷窥并不是小说所要叙述的主要目标。它只是一根导火线,由此引出了偷

---

[1] 张英、王琳琳:《余华:我能够对现实发言了》,《南方周末》2005年9月8日。

窥后的社会反应。结果是,禁欲背后的人性真相迅速地暴露出来,李光头也因此获取了三十五碗三鲜面。一个美女的屁股,在一个少年模棱两可的描述中,既满足了刘镇成人的精神世界,又弥补了李光头饥饿的肠胃。同样,作者写八岁的李光头不断地摩擦电线杆,其真实意图也不仅仅是揭示某种性启蒙的缺席问题,还要通过这根导火线,点燃刘镇百姓被极度压抑的精神景象。他们利用了李光头的无知,既逃避了专制伦理的扼制,又在各种教唆中获得了应有的快意和满足。这些被压抑的人性景观,随着"文革"的来临终于获得了全面的爆发,并由此转化为革命化语境中的暴力奇观。也就是说,在《兄弟》中,余华对"文革"的表达并不是突出它的政治性和革命性,而只是让平民百姓借助于这种历史语境,为自己的欲望宣泄找到一个合理合法的渠道。

在《兄弟》的下部里,余华也同样设置了几个非常典型的符号化情节:李光头广泛发动群众向林红发起爱情攻势,李光头充分利用媒体炒作自己的爱情新闻,李光头幕后操纵全国的处美人大赛。如果说李光头发动群众来展示自己的爱情决心,仅仅表现了改革初期人性的某种朦胧苏醒,那么,到了李光头成为刘镇的垃圾大王,特别是他通过倒卖洋垃圾西装而成为刘镇首富之后,纵欲则变成四处泛滥的现实景象。但是,余华并没有直接去叙述李光头如何纵欲,而是利用他所操纵的媒体新闻和处美人大赛,凸显了全社会中各色人等的纵欲心态:刘作家摇身一变成了副总裁;江湖骗子周游在处女膜的贩卖中不仅赚到了第一桶金,而且骗取了苏妹的情感;烟鬼厂长一次次对林红进行明目张胆的引诱和胁迫;参赛美女在处女膜上疯狂地弄虚作假;众评委在评选过程中与美女们进行或明或暗的交易;林红由淑女终于变成了发廊的老板娘林姐;童铁匠带着自己的老婆公开地定期到林姐发廊享受VIP(贵宾)服务……可以说,李光头只是一个身处时代核心的欲望发动机,正是他发掘了现实伦理背后的各种欲望真相,使我们看到人性内部的疯狂与现实秩序的疯狂总是以各种奇特的方式纠结在一起,坚定地颠覆了一切既定的伦理价值。如果说,它是一种现代性的启蒙,那么这种启蒙更倾向于个人欲望的疯狂增长,以及这种增长所导致的现实伦理的崩溃。它的内部,显然隐含了一种个人觉醒与社会发展之间彼此悖反的怪圈。

这种审美意蕴与上部的封闭时代遥相呼应,从整体上再现了任何个人在强大的历史面前存在的无序性和不确定性,以及近半个世纪以来的中国现实对个体命运的巨大冲击。余华自己也认为:"当《兄弟》写到下部的时候,我突然觉得自己可以把握当下的现实生活了,我可以对中国的现实发言了,这对我来说是一个质的飞跃。我发现今天的中国让每个人的命运充满了不确定性,现实和传奇神奇地合二为一,只要你写下了真实的现在,也就写下了持久的传奇。"①这种"质的飞跃",意味着《兄弟》在选择正面展示时代特质时,主要就是立足于"禁欲"和"纵欲"的对抗性主题,而这也恰恰是两个时代裂变的最突出的文化符号。

记得莫言在描述余华时曾说:"如果让他画一棵树,他只画树的倒影。"②的确,余华在叙述一个事件时,其主要用意往往不在于事件本身,而在于事件背后的辐射力。譬如许三观的卖血,每一次卖血都会引出一些巨大的生存尴尬和伦理冲突,并由此展现了有关生存救赎的巨大命题。《兄弟》也同样如此。尽管"偷窥女人屁股""摩擦电线杆""举办处美人大赛""利用媒体炒作自己"……都是一些"不

---

① 张英、王琳琳:《余华:我能够对现实发言了》,《南方周末》2005年9月8日。
② 莫言:《会唱歌的墙》,人民日报出版社1998年版,第214页。

雅"的事件,尽管这些事件背后都包含了某种"恶俗"或"浮浅"的危险,但是,余华毅然决然地选择它们作为叙事的突破口,并由此顽强地挺进它们的各种延伸地带,从而实现作家对时代的整体性表达。这表明了余华正在超越以往那种相对纯粹的命运书写,试图重构一种具有中国经验的、比自己以前的小说更具历史丰富性的"大叙事"。

二

以共识性的历史经验作为叙事的核心符号,然后穿透它们的具象化意蕴空间,使叙述有效地进入更为宽阔的生存境域,这是《兄弟》所呈现出来的艺术思维。而有人却将这种高度符号化的事件视为一种"媚俗"的表现,认为余华是在"媚俗"和"思想"之间游离[①],这种解读未免过于简单。尤其是在"下半身写作"都已四处招摇的今天,只要是稍有思考能力的作家,我想都绝不会再借助"屁股"和"处女膜"之类来迎合读者。事实上,《兄弟》看起来有些简单、夸张甚至荒诞,主要源于这些符号化事件本身所带来的某些喜

---

① 曹现沈:《思想者的媚俗》,《天津师范大学学报》(社会科学版) 2006 年第 1 期。

剧性特征,或者说,是源于历史本身所赋予的荒诞真相,是极度压抑和极度放纵后的人性自然表现,而它在本质上仍然体现为一种悲欣交集式的审美意图。

我这样说,主要是因为《兄弟》在狂欢式的叙述语调中,一直隐藏着余华后期创作始终恪守的悲悯意绪。这是他内心无法割舍的人生情怀,是他在暴力、残忍、冷漠的人性探索之后所找到的写作信念。正因如此,回到人类最基本的生活形态,回到生命存在的基础部位,探究普通百姓在特殊的历史境遇中所抱持的生存信念和人性基质,一直是余华后期创作的审美追求。在同余华的一次对话中我曾说过,《在细雨中呼喊》是通过孤独和无助的成长,来寻找和发现悲悯的重要;《活着》是通过"眼泪的宽广",来展示悲悯对于活着的价值;《许三观卖血记》则是通过爱与牺牲,来表达悲悯对于苦难的救赎作用。而在《兄弟》中,悲悯依然在人物内心深处不断被激活,并构成了一种消解荒诞生活的重要元素。[①] 用悲悯来消解荒诞,这不是余华的发明,却表明了他对历史自身的观照姿态,也体现了一个作家在

---

① 洪治纲、余华:《回到现实,回到存在——关于长篇小说〈兄弟〉的对话》,《南方文坛》2006年第3期。

直面现实时所持有的伦理情感和价值立场。

正是在这种伦理情感和价值立场的驱动下,《兄弟》的上部通过一个重新组合的家庭在"文革"劫难中的崩溃过程,让我们既看到了个人命运与权力意志之间不可抗衡的灾难性景象,也发现了人性之爱与活着之间的坚实关系。当宋凡平和李兰带着各自破碎的家庭走到一起时,他们所遭受的,不只是人们嘲讽的眼光、困顿的物质生活,还有历史与生命自身所赋予的不可预测的苦难。但是,他们仍然以不动声色的深情之爱,顽强地编织属于自己的未来。他们对幸福并没有特别的奢望,只是通过李光头和宋钢之间兄弟情感的默契呼应,折射了这种相濡以沫的温暖和满足。虽然无处不在的暴力性历史运动使得他们未能从容地延续这种相对平静而又自足的生活,但是,通过这种尖锐的、无法摆脱的生存苦难,余华演绎了亲情之爱和人道情怀在人类生存中的巨大力量。在李光头和宋钢的成长过程中,他们一方面承受了各种被扭曲的道德化启蒙,另一方面又在很多不经意的细节之中,领悟到了亲情、怜悯、关爱所具有的坚忍与强悍、无私与无畏。譬如,遭受了抄家的破坏之后,宋凡平拿着树枝教孩子们吃饭,并以"古人的筷子"来化解暴力后的灾难和辛酸;宋凡平的胳膊被打得脱臼了,他却以"郎当了""需要休息"来保护两个孩子免受暴力的恐惧;苏妈的"你会有善报的",终于使两个极度绝望的孩子在面对父亲的尸体时,看到了人世间最朴素的伦理道义;而李兰给丈夫送葬和每年清明的祭奠,以及她在此后生活中所体现出来的惊人的韧性,更是让这两个孩子在不知不觉中感受到了亲情之爱的伟大与非凡。

到了下部里,虽然现实与个人命运都呈现出一种传奇性的突变,虽然利益至上的生存原则迅速地瓦解了许多温暖的道德规范,虽然作者的叙述更侧重于李光头奇迹般的命运,但是,在李光头、林红和宋钢之间,依然保持着各种隐秘而又难以割舍的爱与亲情。当宋钢埋葬了祖父重新出现在刘镇时,我们看到这对兄弟在相濡以沫中一直保持着情同手足的关系。粗鲁率真的李光头和性格内向的宋钢,可谓刚柔相济、相得益彰,或者说,宋钢始终像一个忠实的影子一样跟随着李光头。在李光头看来,"就是天翻地覆慨而慷了,我们还是兄弟"。而在宋钢看来,"只剩下最后一碗饭了,我一定让给李光头吃;只剩下最后一件衣服了,我一定让给李光头穿"。这既是他们缘于亲情和苦难的伦理基石,也是余华渗透在作品中的主体情怀。尽管他们兄弟之间因为林红的爱情选择产生了情感的游离,尽管李光头的命运出现了大起大落,但是,宋钢依然无时无刻不关心着自己的兄弟,甚至瞒着妻子每天将两毛钱送给落难的李光头,而李光头得知宋钢身体有病,亦毫不含糊地出钱为他医治。尤其是到了最后,当宋钢得知混世魔王李光头和林红有了暧昧关系之后,面对兄弟之间无法缓解的恩怨情仇,面对自身近乎绝望的身体疾病,宋钢于是果断地选择了自杀。这种自杀,不是表明一种道德上的自我完善,而是表明他在失去爱的能力之后的无奈。记得苏联著名导演塔可夫斯基曾经说过:"人类天赋的良心使他在行为与道德规范相抵触时饱尝煎熬,这么说来,良心本身就包含了悲剧成分。"[1]宋钢的悲剧,其实也完全可视为"良心的悲剧",是爱而不能的自然悲剧。而这种悲剧所折射出来的价值立场,正是余华心中一直挥之不去的悲悯意识。它像一把利剑,插入众生狂欢的生活内部,以弱者的特有尊严和胸怀回应了物欲横流的现实,并通过李光头本能式的"觉醒",实现了对

---

[1] [苏]塔可夫斯基:《雕刻时光》,陈丽贵、李泳泉译,人民文学出版社2003年版,第223页。

利益化现实的深度质疑。

乌纳穆诺曾说:"世界和生命里,最富悲剧性格的是爱。爱是幻象的产物,也是醒悟的根源。爱是悲伤的慰解;它是对抗死亡的唯一药剂,因为它就是死亡的兄弟。"①《兄弟》在表现这种丰富的人性之爱时,虽然着墨不多,只是在人物处于极度困厄时闪亮登场,有时是一句话,有时是一些不自觉的行为,但是,它迅速地改变了人物的内心质地,既成为他们"醒悟的根源",也成为他们"悲伤的慰解"。它使我们看到,这种看似传统的伦理情感,因为暴力、残酷、羞辱的不断出现而变得熠熠生辉;也使我们意识到,这部小说仍然有着对人间之爱的最为丰饶的诠释,仍然透射出作家的悲悯情怀。

三

余华在谈到《兄弟》的写作时曾说:"起初我的构思是一部十万字左右的小说,可是叙述统治了我的写作,篇幅超过了四十万字。写作就是这样奇妙,从狭窄开始往往写出

---

① [西]乌纳穆诺:《生命的悲剧意识》,上海文学杂志社 1986 年,第 76 页。

宽广,从宽广开始反而写出狭窄。"[1]这里,余华所说的"叙述统治了我的写作",其实就是人物控制了叙述者的行动,使叙述者的理性不得不膺服于人物性格的发展。这种审美体验,余华在创作《在细雨中呼喊》时就已经有所意识,特别是到了写作《活着》,余华认为"最后那个福贵走出来的那条人生道路,不是我给他的,是他自己走出来的。我仅仅只是一个理解他的人,把他的行为抄在纸上而已"[2]。让人物拥有自己的声音,确保人物沿着自己的个性奔跑,而作家的最大努力就是充分地尊重人物,去"贴着人物写",这是余华后期逐渐清晰的一种创作体会和经验。也正因如此,余华彻底地改变了他在早期那些先锋实验性作品中不太注意人物个性,甚至刻意让人物处于一种抽象的符号化状态的思维,并在后来的每一部长篇中都展示了一个个非常独特而又耐人寻味的人物形象,像《在细雨中呼喊》中的孙光林和孙广才,《活着》中的福贵,《许三观卖血记》中的许三观和许玉兰。正是这些丰满的人物,为他的创作在中国当代小说史中成功地树立了一批具有经典意味的艺术形象。

---

[1] 余华:《兄弟》(上),上海文艺出版社2005年版,封底。
[2] 余华:《说话》,春风文艺出版社2002年版,第63—64页。

《兄弟》也不例外。它成功地写活了李光头和宋钢这两个性格互补却在命运上走向两极的兄弟。表面上看,李光头是一个混世魔王,是一个"给他一架梯子,他就想爬上云端"的不安分者,但同时,他身上还夹杂着某些草莽英雄式的硬汉气息。所以,李兰在临终前最放不下的就是李光头:"宋钢,我不担心你,我担心李光头,这孩子要是能走正道,将来会有大出息;这孩子要是走上歪路,我担心他会坐牢。"①事实上,李光头的丰富性在于:他既粗鲁自私又直爽侠义,既果敢无畏又狡黠奸诈;他既能受胯下之辱,又能享巅峰之誉。他能够轻而易举地翻越道德和伦理的栅栏,为自己的欲望伸展找到合理合法的依据。但是,他骨子里仍然不乏悲悯意识,不乏执着的人生追求。在家庭遭难时,在母亲病重时,在兄弟受辱时,在偿还债务时,在宋钢生病时,他都表现出了一个人应有的人伦品格。特别是在宋钢自杀之后,他甚至梦想着花巨资将宋钢的骨灰送到太空,让自己的兄弟"永远遨游在月亮和星星之间"。而在乖张的权力面前,在社会的潜规则面前,他又毫不含糊且游刃有余地行走其中,将很多传统的道德规范随意踩在脚下。前半生,他

---

① 余华:《兄弟》(上),上海文艺出版社 2005 年版,第 251 页。

几乎被一切大大小小的权力意志所凌辱;而后半生,他却成功地控制了各种权力意志。可以说,他是一个中国的特殊历史所铸就的怪胎,充分彰显了中国社会转型期所暴露出来的各种人性本相,这种人性内部的分裂聚集在他的身上,使他一直处于某种强劲的张力场中,但他并没有因此而显得矛盾重重,相反却始终从容自在,甚至有一种潇洒自如的状态。我想,这种人物集各种冲突于一体而又显得从容自得,完全是源于他内心那种自我消化和自我平衡的特殊系统,其精神的复杂性远远超过了其命运的沉浮。

与李光头相比,宋钢则是一个内敛化的隐忍者和受难者。他的单纯在很大程度上取决于他那特殊的家庭传统——无论是他的爷爷还是父亲,都是以一个安分守己的弱势者的面孔生活着,他们在权力意志下忍辱负重,对人们和善友好,甚至常常不自觉地施人以爱。这种言传身教自然而然地养成了宋钢的善良品质,而在过于强悍的父亲宋凡平的庇护下,宋钢的怯弱也被无限地放大。所以,成年后的宋钢看起来几乎是一个"善的化身"。但是,余华并没有将他的性格扁平化,而是在这种"善良"的笼罩下,将他缓缓地置于各种痛苦的泪水中盘作一团。在与林红结婚以前,他一直是李光头的影子,或者说是李光头的精神支柱;与林红结婚后,他又成了林红的影子,当然也是林红的精神支柱。这种特殊的地位,既规定了他的牺牲角色,又赋予了他生活重责。他渴望以自己的牺牲来换取兄弟和妻子的幸福,并以此实现理想道德上的自我完善,这注定了他只能恬退隐忍地生活。尤其是当他面对林红和李光头的两难抉择时,余华动用了一种往返式的叙述,将他置于一种反复煎熬的伦理冲突中,不断撕开他的内心之痛。只有当他从容地走向死亡时,我们才发现,他开始成为一个真正的独立者,因为妻子和兄弟的暧昧终于消解了他内心的道德压力,于是,他把爱和关怀留在人间,带着欲望化现实所留下的满身伤痕离开了这个世界。

无论是李光头还是宋钢,他们的个性中确实存在着恶与善的主导性倾向,但是,他们内心的丰富性并不仅仅局限于这种单一的价值指向,而是沿着各自的性格逻辑多方位地发展着。所谓"性格决定命运",李光头和宋钢的不同命运,在很大程度上就是他们各自性格自然发展的结果,而绝非作家主观安排的结局。曾有批评家提出这样的诘问:"我不敢相信余华竟然以血统推定人类生活中的卑微和高贵、善和恶,我只能说,余华一向是冷静而决断的叙事者,现在,他的决断发展为无根据的武断,发展到蔑视人的可能性和人的选择,他把标签贴在人的身上,就像刻上'红字',然后让人像数学符号一样推演他的方程式。"[1]我觉得这种判断有些简单。事实上,"人的可能性"发展和"人的选择"的可能性都必须服从于人物自身的性格逻辑,都必须取决于"可能性"内部所包含的生活依据,而不能像空中楼阁那样随风飘荡。李光头和父亲刘山峰都犯了偷窥的毛病,但在小说的叙述中,我们可以清楚地感受到,那个时代的偷窥绝非只有这对父子喜欢,只不过他们被发现了而别人没有被发现,更何况偷窥给他们父子带来了两种完全不同的结果。同样,宋钢的善和宋凡平似乎带着血统论上的规定性,但是,如果我们再延伸到宋钢的祖父,同时比较一下宋凡平父子各自的性格,仍可以看出作家并非像刻"红字"那样武断地安排,因为宋钢的怯懦和阴郁完全不同于宋凡平的刚烈和开朗。

当然,我们也应该注意到,《兄弟》中很多人物形象的设置,都带着明确的符号化身份,譬如赵诗人、刘作家、童铁

---

[1] 李敬泽:《被宽阔的大门所迷惑》,《文汇报》2005年8月20日。

匠、余拔牙、关剪刀、张裁缝、王冰棍……而这,在余华以往的长篇中是不曾有的。按理,他完全有理由撇开人物的这些职业身份,因为余华以前的小说很少利用人物的职业和社会身份去构成叙事冲突。但《兄弟》选择的是"正面强攻"历史,这也意味着人物将不可能剥离他的社会属性,因此,突出每个人物的职业身份,并让其带着自己的职业特长介入故事,同样也是余华有意味的一次选择,就像他自己说的那样:"这些人都有自己的性格和命运,但是我有意让他们类型化,我希望他们中间任何一个都有着代表某一个群体的价值。"①

四

在《兄弟》上部出版之后,李敬泽曾经谈到,余华"在《兄弟》让人物行动起来、东奔西跑,做出一个又一个选择时,他表明,他对人在复杂境遇下的复杂动机并不敏感,他无法细致有力地论证人物为何这样而不是那样,他只好像一个通俗影视编剧那样粗暴地驱使人物"②。如果我的理

---

① 洪治纲、余华:《回到现实,回到存在——关于长篇小说〈兄弟〉的对话》,《南方文坛》2006年第3期。
② 李敬泽:《被宽阔的大门所迷惑》,《文汇报》2005年8月20日。

解没有错,敬泽所要质疑的是《兄弟》在细节叙述上缺乏应有的敏感性和必需的逻辑力量,而只是靠作家主观的武断来决定故事的走向。其实,类似于敬泽这样的质疑并不少见,主要集中于余华对细节可信度的处理上。我倒不觉得这部小说在细节处理上是失败的,相反,它在很多地方显示了余华强悍准确的叙述能力,以及对小说说服力的谨慎维护。余华自己也认为:"我之所以喜欢这部《兄弟》,一方面它是最新的作品,另一方面是我处理细节的能力得到了强化,这对我十分重要,不仅是对这部《兄弟》,对我以后的写作更是如此。"[①]

从整体上看,《兄弟》在两个关键部位倾注了大量的叙事心血:一是小说的开头部分,一是宋钢埋葬了祖父后重返刘镇的部分。在小说的开头部分,为了让人物有效地进入整个故事,并与八岁时摩擦电线杆构成一种逻辑上的内在呼应,余华动用了数万字的盘旋式叙述,完全改变了他以往的简洁风格。在下部里,余华也没有让李光头顺利地进入时代的核心舞台,而是动用了数章对这种转折进行了非常

[①] 洪治纲、余华:《回到现实,回到存在——关于长篇小说〈兄弟〉的对话》,《南方文坛》2006年第3期。

结实的推进,包括宋钢重新回到刘镇与李光头相濡以沫,又因为林红的存在而逐渐游离;李光头成功地当上福利厂厂长之后,在致富狂想的过程中,尴尬地陷入绝境,又在无赖式的静坐中意外地走向了垃圾大王。这个过程不仅写得一波三折,而且为后来的故事发展提供了强大的说服力。可以说,这两个部分既是故事发展的核心基础,又是小说叙事的敏感地带,同时它们与时代的共振关系又处在非常微妙的状态中,余华在处理这些情节时显得非常从容扎实。

但我更看重的,还是《兄弟》在很多细节上的丰盈、饱满和准确,体现出一种令人惊悸的表现力。在与余华的对话中,我曾谈及《兄弟》中极其频繁地使用了许多精确的量化词语,像李光头和宋钢偷偷分享了父母藏在枕头里的三十七颗大白兔奶糖;共有十一个戴红袖章的人打死了宋凡平;李光头揍刘作家一共揍了二十八拳;追求林红的男人一共二十人;搬运县政府门前的垃圾山,一共动用了一百五十一个人;等等。余华觉得自己在进行这样的叙述时有一种"在场感",但我的感受是,他正是以此来强化和拓展细节的每一个部位。而在更多的细节叙述中,他更加推崇那种以外在行动来展示人物复杂心理状态的表达方式。譬如宋凡平死亡的场景,李兰为丈夫送葬的过程,李光头陪母亲祭父的情形,李光头和宋钢为母亲送葬的过程,宋钢背着死亡的爷爷,宋钢从内裤口袋里掏钱付账,宋钢在接受林红爱情时的情感游离,宋钢跟随周游在江湖上行骗的感受,李光头和林红在宋钢自杀后的表现,等等,余华在叙述这些细节时,始终坚持不弯不绕,人物的一言一行都体现出十分罕见的精确,读后像刀片划过一般,让人战栗不已。在此,我们不妨择取几节:

> 李兰低头看了看掉在地上的旅行袋,她弯腰去提旅行袋的时候一下子跪倒在地,让拉扯着她的李光头和宋钢也跌倒了。李兰把两个孩子扶起来,她的手撑住旅行袋站了起来,当她再次去提旅行袋的时候,她再次双腿一软跪倒在地。这时候的李兰浑身颤抖起来,李光头和宋钢害怕地看着她,伸手摇晃着她的身体,一声声地叫着:"妈妈,妈妈……"
>
> ——《兄弟》上部第十九章

> 宋钢走到了开票的柜台前,解开了裤子,一边看着

柜台里开票的女人,一边在自己的内裤里摸索着,让站在身旁的李光头嘿嘿直笑,柜台里那个四十多岁的女人面无表情地等着宋钢摸出钱来,好像这样的事她见得多了。宋钢从内裤里准确地摸出了一张一元钱,递给柜台里的女人,提着长裤等她找钱回来。两碗阳春面一角八分,找回来八角二分后,宋钢将钱由大到小叠好了,还有两分的硬币,又摸索着放回内裤的口袋,然后才系上外面的长裤,跟着李光头走到了一张空桌前坐下来。

——《兄弟》下部第一章

他舍不得自己的眼镜,怕被火车压坏,他取下来放在了自己刚才坐着的石头上,又觉得不明显,他脱下了自己的上衣,把上衣铺在石头上,再把眼镜放上去。然后他深深地吸了一口人世间的空气,重新戴上口罩,他那时候忘记了死人是不会呼吸的,他怕自己的肺病会传染给收尸的人。他向前走了四步,然后伸开双臂卧在铁轨上了,他感到两侧的腋下搁在铁轨上十分疼痛,他往前爬了过去,让腹部搁在铁轨上,他觉得舒服了很多。驶来的火车让他身下的铁轨抖动起来,他的身体也抖动了,他又想念天空里的色彩了,他抬头看了一眼远方的天空,他觉得真美;他又扭头看了一眼前面红玫瑰似的稻田,他又一次觉得真美,这时候他突然惊喜地看见了一只海鸟,海鸟正在鸣叫,扇动着翅膀从远处飞来。火车响声隆隆地从他腰部躁过去了,他临终的眼睛里留下的最后景象,就是一只孤零零的海鸟飞翔在万花齐放里。

——《兄弟》下部第四十七章

在第一个例证中,面对丈夫的突然死亡,李兰并没有呼天抢地号啕大哭,而是将所有的悲痛和绝望强摁在心里,但是,当她开始行动(提旅行袋)时,悲痛终于爆发了——她连续跪了两次,以至于让孩子都感到害怕,由此凸现出她那近乎崩溃的精神状态。第二个例子是写宋钢开始行使兄长的家庭职责,尽管余华并没有写到他的表情,但是从他解开裤子直到系上裤子的细致过程中,我们可以看出宋钢此时内心的谨慎、虔诚,甚至不乏庄严。第三个写宋钢自杀的细节,更是将宋钢细腻、冷静、毅然决然的赴死心理以及临终前的幻觉状态刻画得淋漓尽致。

当然,作为一部喜剧化色彩极浓的小说,《兄弟》的很多细节也不断地走向夸张甚至荒诞。这不足为怪。我们且不说任何一种喜剧性的叙事都会必然地融入某些荒诞的成分,即使是在正常的叙述中,当一个作家的想象力被空前激活时,许多超越常识的奇妙细节也会自然而然地涌现出来,像莫言笔下被割下的耳朵仍然会跳动(《红高粱》),苏童笔下背着幺叔亡灵的"我"在暗夜里奔跑(《飞越我的枫杨树故乡》),张炜笔下村民们长年不息的忆苦思甜(《九月寓言》),阎连科笔下的"列宁纪念馆"事件(《受活》),等等,都是如此。同样,在《兄弟》中,像宋凡平在灯光球场上完成了一个神奇的扣篮动作后,狂喜之余竟然在众目睽睽之下抱住了李兰;李光头成为暴发户之后,居然有一百多个女人在法庭上要求法官认定李光头是自己孩子的父亲……这些细节都是叙事发展的一种超然状态。它源于现实,又是对现实可能性的一种延伸。它不仅没有从根本上动摇叙述的说服力,而且还撕开并充实了现实表象中某些更有意味的场景。

在谈到《兄弟》问世后的一些批评时,余华曾说道:"我的写作从一开始就经历了批评,当我写下《十八岁出门远行》这些后来被称为先锋派的作品时,只有《收获》《北京文学》和《钟山》愿意发表,其他文学刊物的编辑都认为我写下的不是小说,不是文学。后来它们终于被承认为是小说文学时,我写下了《活着》和《许三观卖血记》,习惯了我先锋小说叙述的人开始批评我向传统妥协,向世俗低头。现在《兄弟》出版了,批评的声音再次起来,让我感到自己仍然在前进。"①其实,不只是余华,很多作家都曾经历过这种不断被质疑的过程。同时,这种批评的存在,也表明了他们正在进行艰难的自我超越,正在改变他们的作品在读者心中所构成的阅读惯性。《兄弟》对于余华来说,同样也是一次"裂变中的裂变"——无论是面对历史和现实的艺术观念,还是面对叙事内部的表达能力,他都试图朝着新的目标挺进。

---

① 洪治纲、余华:《回到现实,回到存在——关于长篇小说〈兄弟〉的对话》,《南方文坛》2006 年第 3 期。

第七章　论《第七天》

如果说余华的《活着》是一个被动性的、等待的故事，那么他的《第七天》则是一个主动性的、寻找的故事。福贵在等待中被迫承受着一个又一个巨大的人生劫难，但他依然相信，活着是一件重要的事；而杨飞却无法通过这样的命运来证明"眼泪的宽广"，他只能让自己的亡灵去寻觅人间应有的关爱与尊严。"我游荡在生与死的边境线上。雪是亮的，雨是暗淡的，我似乎同时行走在早晨和晚上。"[①]在这种迷惘式的叙述引导下，我们跟随主人公杨飞的步履，一次次穿越生与死的鸿沟，穿越过去与现在的栅栏，审视死的悲凉，体悟生的伤痛。

在《第七天》里，余华一直在演绎这样的场景：生者寻

---

① 余华：《第七天》，新星出版社2013年，第63页。

找死者,死者寻找生者;儿子寻找父亲,女孩寻找恋人;现实寻找记忆,事实寻找真相……可以说,"寻找"是各种故事相互交织的纽带,也是小说叙事的内驱力。通过"寻找",余华想展示怎样的生活?借助"寻找",余华想表达怎样的思考?无论人们对这部小说持有怎样的异议,我以为,在那种漫长而无望的"寻找"中,有许多内涵依然值得我们认真地发掘与思考。

一

一切都是从"寻找"开始。在《第七天》里,当杨飞赶到殡仪馆里候烧时,他发现没有墓地的人将无法火化,他的亡灵只好踏上了茫然无措的漫游之途。这是他死后第一天的遭遇,也是他"由人变成鬼"之后所面临的全新问题。角色的转变,首先需要的是"自我的确认"。因此第一天的叙述,主要是围绕着杨飞最后的人生轨迹,努力还原他成为一个亡灵的真相。于是杨飞不断地向记忆发出邀请,从人们在市政府广场抗议强拆,到郑小敏无助地坐在废墟上等待父母,从在谭家菜饭店里看到有关李青自杀的报道,到饭店突然遭遇火灾爆炸,他艰难地复苏了自己从生到死的过程,也激活了他寻找失踪养父的艰难历程,同时还打开了阴间与阳界自由往返的心灵通道。

这个通道的建立非常重要。它有些类似于卡夫卡的《变形记》。在《变形记》的开头,当格利高尔一觉醒来,发现自己变成一只大甲虫时,他首先要解决的,也是角色变化后的自我确认。他认真地观察房间内的各种布局,桌上的物品,身体两侧不断蠕动的细脚。当这一切确认无疑之后,他才开始了一只大甲虫的生活。——当然,从叙事上说,这也解决了读者心中的疑虑。《第七天》里的"第一天"也是如此。从死亡开始,杨飞通过艰难的回忆,既确认了自己是一个带着残破躯体的游魂,也实现了自己在阴间与阳界之间自由穿梭的可能。从叙事功能上说,它也解决了读者内心的现实障碍,让人们明确地意识到,这部小说将是通过一个亡灵来叙述他的故事。

正因如此,我们常常读到,"我走出自己趋向繁复的记忆,如同走出层峦叠翠的森林,疲惫的思维躺下休息了,身体仍然向前行走,走在无边无际的混沌和无声无息的空虚里"①"我继续游荡在早晨和晚上之间。没有骨灰盒,没有

---

① 余华:《第七天》,新星出版社 2013 年,第 108 页。

墓地,无法前往安息之地。没有雪花,没有雨水,只看见流动的空气像风那样离去又回来"[1]这类极具时空张力且又不乏诗意的叙述,几乎贯穿在小说的每一章里,成为杨飞的亡灵每天必须面对的一种活动处境。作为一个游魂,杨飞存在的唯一方式就是"行走"。通过"行走",他要寻找自己的人生记忆,寻找失踪一年的养父;通过"行走",他遇见更多的亡灵,看到他们同样也在寻找阳界的亲人,以及阳界的记忆;通过"行走",他还发现了许多阳界的重要事件,其背后都有一些令人匪夷所思的真相。

正是通过在阴间与阳界之间频繁穿梭和行走,杨飞几乎是不自觉地踏上了漫漫的寻找之途。表面上看,他是要寻找身患绝症且失踪一年之久的养父杨金彪,延续他生前寻找养父的最大意愿,以期重返当年相濡以沫的温暖生活,而实质上,寻找养父只是整部小说的一条叙事主线。在这条主线的统摄下,我们可以发现,《第七天》主要由三个层面的故事构成:一是杨飞的个人成长史和命运史,包括他与养父杨金彪、亲生父母的关系,他与李青的婚姻生活等;二是"死无葬身之地"的阴间世界,那里简单、纯朴、和谐、平

---

[1] 余华:《第七天》,新星出版社 2013 年,第 111 页。

等、自由,充满了至善至美的人性理想,是一种乌托邦的建构,与诡异的阳间世界形成了绝妙的反衬;三是杨飞在阴间寻找养父亡灵,其间碰到的一个个亡灵所倾诉的生前故事,主要是死亡过程的真相还原。

值得注意的是,这三个层面的故事都是通过"寻找"来呈现的。先看第一个层面的故事,即有关杨飞的成长史和婚姻史的叙述。它主要集中在第二天和第三天的叙事之中,是杨飞的亡灵通过对自己记忆的寻找,逐步还原出自己在人世间艰辛而温暖的成长史,以及温馨而又苦涩的婚姻史。作为亡灵的杨飞,终于打开了自己曾经活着的记忆,所以,这些记忆性的叙事都是写实性的,是对现实的努力还原。由是,我们看到,尽管他与李青的婚姻经历近乎《天仙配》的翻版,是由真诚和坦荡建构起来的一段奇缘,但依然充满了甜蜜而深厚的情感。他们生前由合而分,死后又由分而合,彼此之间所展示出来的,却没有任何抱怨和嫉恨,只有关爱、眷恋、理解与体恤。这段姻缘几乎摆脱了所有世俗的羁绊,呈现出圣洁而高迈的伦理情操。但人毕竟是生活在世俗社会中,与一个恶俗的时代作战,需要的不仅仅是勇气和智慧,还需要清晰而坚定的内心律令,尤其是对于李青这样渴望"成功"的女性,所以这段婚姻的失败注定是不可避免的。

从婚姻开始,杨飞继续沿着记忆的铁轨向远方寻找,由此也缓缓地打开了他那曲折艰辛的成长史。这便是第三天的叙事核心。它同样是一个温暖而又悲情的故事。在火车厕所里诞生之后,杨飞便成了一个孤儿。所幸年轻的扳道工杨金彪发现了他,并用全部的精力将他抚养成人。当然,还有邻居郝强生和李月珍一家无私的相助。在这一天的叙述中,余华依然动用了他那异常强悍的写实能力,将杨飞的成长过程书写得感人至深。无论是杨金彪因为遗弃杨飞而一生自责,还是李月珍母亲般长期无私地呵护杨飞,无论是杨飞与亲生父母相认,还是后来他卖房为养父治病,在这一过程中,贫穷和苦难并没有击倒他们,相反却使他与养父之间相依为命的生活显得极为温暖。在那里,我们看到,杨金彪既是一位像大山一样沉默的父亲,又是一位像大海一样宽广的父亲,他可以牺牲自己的一切,用全部的生命哺育杨飞成长,并且无怨无悔。"我父亲在他生命的最后时刻,认为自己一生里做得最好的一件事就是收养了一个名叫杨飞的儿子。"①这种超越血缘的父子之情,看似平凡,却撼魂动魄。

通过对婚姻与成长的复述,杨飞终于打开了自己的全部记忆,完成了他对自身历史的寻找和再现,"我的记忆轻松抵达了山顶,记忆的视野豁然开阔了"②。因此,从第四天开始,小说转入阴间的世界,开始叙述第二个层面的故事。这依然是一个有关寻找的故事。在鼠妹刘梅的带领下,杨飞终于抵达了"死无葬身之地"。在那里,所有没有墓地的亡灵都聚集在一起,亡灵们都熟知各自生前的遭遇,他们相互调侃,彼此友善,向每一个后来者打听自己死前的境况,同时又以向导般的姿态,为后来者提供一切帮助。这意味着杨飞寻找到养父的亡灵将成为可能,但又充满了无数的不确定性,因为所有时间太久的亡灵都已变成了没有面容和表情的骨骼,只能通过声音辨认。

这种寻找的不确定性,带来了另一个叙事空间的拓展,那就是第三个层面的故事,即很多亡灵对自己人生经历的复述。这些复述摆脱了杨飞自我叙述的写实特征,很多时

---

① 余华:《第七天》,新星出版社2013年,第92页。
② 余华:《第七天》,新星出版社2013年,第112页。

候转为全知视角,呈现出荒诞性的戏谑意味,直接呼应那些人世间曾经出现的新闻事件。如鼠妹刘梅对自己生前情感的叙述,尤其是当她发现男友伍超送给自己的礼物是一只高仿苹果手机,选择以跳楼的方式逼迫伍超现身时,叙述视角其实转换为局外人,叙述的重点也转向广场上的看客。于是我们看到,卖墨镜的、卖快活油的,甚至卖窃听器的,都热情地穿梭在众多的看客之间,而刘梅的生死,成了他们谋利的契机。这不能不让人想起鲁迅对中国看客心态的分析。这里,刘梅想通过极端的方式寻找自己的男友伍超,却发现自己付出生命的代价,最后找到的只是人间的冷漠。同样,张刚和姓李的男人之间的恩怨,也是在寻找中陷入怪圈。姓李的男人因为男扮女装去卖淫而被踢坏了睾丸,从此不断寻找张刚,要他还自己一双睾丸。在漫长的寻找与等待中,他绝望地杀死了张刚,自己也成了阴间的亡灵。

寻找是艰难的。"我寻找父亲的行走周而复始,就像钟表上的指针那样走了一圈又一圈,一直走不出钟表。"[①]这种寻找过程的延展,为更多的亡灵呈现自己的生前故事提供了大量机遇。所以,在第五天和第六天里,杨飞在寻找

[①] 余华:《第七天》,新星出版社2013年,第143页。

养父亡灵的过程中,几乎变成了一个倾听者,一个诸多真相的记录者。在那里,遭遇商场火灾的三十八个亡灵,终于道出了自己死无墓地的原因,那是他们的家人被封口费锁住真相的结果;郑小敏的父母也终于道出了被强拆埋葬而死的事实;背负杀妻冤案而死的亡灵终于道出了被刑讯逼供的情景。在那里,李月珍带着二十七个被视为医疗垃圾的婴儿,讲述了官员偷梁换柱的经过,以致丈夫和女儿抱着别人的骨灰登上了赴美的飞机;同时,李月珍也道出了杨飞养父亡灵的去向。在那里,肖庄遇见了鼠妹刘梅,进一步补充了刘梅死后伍超的生活——为了给刘梅买块墓地,身无分文的伍超,通过黑市卖掉了自己的一只肾……所有这些,在阳界的生活里都曾是一些重大的社会新闻,但都是被修饰、遮蔽或歪曲的新闻,现在,通过一个个亡灵的复述,真相逐渐得以还原。换句话说,杨飞作为一个后来的倾听者,他在无意间终于找到了太多的事件真相——尽管这些真相是如此荒诞不经。

由于李月珍的亡灵提供了准确信息,杨飞终于知道了养父的去向,同时也解开了养父的失踪之谜——他用尽自己最后一丝力气,为当年抛弃杨飞而进行了一次艰难的心理赎罪,并因此客死异地。所以,到了第七天,在刘梅完成了神圣的净身之后,杨飞和一群亡灵簇拥着刘梅来到了殡仪馆,她走上了安息之地,而杨飞也终于找到了自己的养父。即使死后没有葬身之地,养父仍然坚持守候在殡仪馆充当"管理员",为了等待终有一天会到来的儿子;当他看到儿子这么快地来到阴间时,"他空洞的眼睛里流出两颗泪珠"。这对相濡以沫的父子,又在相依为命中开始了生命的另一种轮回。

从寻找养父开始,到父子相见而终,《第七天》以创世神话的思维,从阳界到阴间,完成了一次旷世般的寻找之旅。通过杨飞的寻找,小说又打开了更多亡灵的生前记忆,呈现了无数亡灵的死亡真相。这些真相,因为一个个生命的消失,早已被阳界的各种现实秩序所埋藏,只有在阴间才能得以还原。而这,正是《第七天》别具一格的审美意图。

二

活着是一件艰难的事情。但死去也同样是一件并不容易的事情。即使是在殡仪馆的候烧室里,仍然存在着严格的等级区别。通往安息的路是如此曲折,同样布满了人间不平等的沟沟壑壑。在长达七天的游走中,杨飞所见到的,只有李青和刘梅踏上了安息之路,更多的亡灵只能在"死无葬身之地"日复一日、年复一年地游荡。所幸"那里树叶会向你招手,石头会向你微笑,河水会向你问候。那里没有贫贱也没有富贵,没有悲伤也没有疼痛,没有仇也没有恨……那里人人死而平等"[1]。——这当然只是余华虚设的乌托邦愿景,为了给那些无辜的亡灵提供一个美好的栖息之地。

事实上,当余华不断地动用极具诗意的笔触,精心地营构所谓的"死无葬身之地"时,他的叙述依然无时无刻不在直面我们当下的现实。我们甚至可以说,在《第七天》中,所有关于阴间世界的理想性建构,只是一种声东击西的表达手段,一个创作主体用来观察社会、审视现实的视点。余华的真实意图,就是要对当下缭乱而无序的现实生活进行一次多层面、立体化的现场直击。他试图借用这种"以死观生"的叙事策略,打开当下现实中各种吊诡的生存现状,展示一个作家内心的焦灼与疼痛,传达创作主体对中国当代社会发展的深层思考。

---

[1] 余华:《第七天》,新星出版社2013年,第225页。

这种思考是忧伤的,也是激愤的。可以说,无序的现实已经对余华的内心构成了一种巨大的压力,一种挥之不去的隐痛使他不得不产生书写的冲动。因为在近三十年的写作历程中,余华一直对当下的现实保持着高度的警惕,并有意无意地与之拉开距离。他曾不止一次地强调,自己与现实之间有着极为紧张的、不信任的关系。无论是在早期暴力化的先锋实验中,还是在后来执着于温情化的故事书写中,余华总是刻意地游离于当下的社会现实,将背景处理得更模糊或更遥远一些。即使是《活着》和《许三观卖血记》,也都与当时的现实保持着特定的距离。

到了《兄弟》的下部,余华终于忍不住了。于是,他让李光头一路高歌猛进地挺入当下的生活。作为一个混世魔王,李光头就像一台欲望的发动机,永远保持着亢奋的激情,不断地炮制各种闹剧性的社会群体事件,将刘镇拖入一场又一场狂欢化的欲望派对之中,并使自己赢得了世俗的各种荣耀。无疑,李光头就是混乱的现实制造出来的一个欲望怪胎。他的命运,凸显了余华对这个失序世界的焦虑、无奈和嘲讽。

与《兄弟》颇不相同,《第七天》在逼近缭乱的现实时,没有了狂欢的氛围,也没有了过度嘲讽的格调。但它所凸显出来的,依然是余华对当下现实的愤懑、焦虑、感伤,甚至是无奈。只不过,他将主人公由世俗欲望的操纵者,换成了世俗欲望的受害者。也就是说,《第七天》以受难者和受辱者的形象,展示了这个时代的混乱、荒诞和吊诡。在那里,强拆事件、黑市卖肾事件、袭警事件、毒食品事件、弃婴事件、瞒报灾难死亡事件、刑讯逼供事件……所有这些事件,最终都是以屈死者的生命为代价,被现实巧妙而轻松地掩盖在一篇篇新闻报道之中。他们找不到向世间传达真相的窗口,只能在阴间相互倾诉。没有人知道它们的真实原因,也没有人能够追索其中的真正问题。

有很多人认为,《第七天》中吸纳了太多的新闻事件,以至于像"新闻串烧"和"微博汇编",显得有些"轻和薄"(郜元宝语);还有人甚至断定,余华完全丧失了基本的艺术想象力。我以为这类看法有失偏颇,至少没有理解余华的真实用意。在一个全媒体的时代,我们都生活在信息编码中,我们对现实状况的判断,很多时候都来源于各种信息的聚合,尤其是新闻报道。特别是近些年来,伴随着中国经济的高速发展,在 GDP 魔杖的指挥下,各种令人匪夷所思的社会事件层出不穷。它们纷纷跃上各种媒介的醒目位置,但转瞬之间又消失得无影无踪。新闻的速朽与人们的遗忘,构成了速度层面上的循环比赛。面对现实,我们因新闻的快速更替而养成了快速遗忘的适应性心理,并进而形成了某种程度上的麻木和见怪不怪。

然而,这是中国当下的现实,是真实发生在我们身边的事实。它们记录了中国社会发展的阵痛,承载了很多平民百姓真切的命运,我们不能因为新闻的速朽而遗忘。它们需要一个有效的文本来承载、记录与反思。当余华直面这些社会现实时,他没有选择虚构,而是直接择取了这些真实的新闻事件,并对之稍加改写。我想,余华这样处理,不是艺术想象的贫乏或偷懒,而是为了最大限度地存真,为中国存真,为记忆存真。所以余华精心选择了一系列具有代表性的新闻事件作为底色,多角度、多方位地呈现了这个时代的荒诞景象。如果只有一两个事件,或许我们可以认为,这只是一种偶然,而当这么多真实而又吊诡的事件集纳在一起时,那就足以说明当下现实的混乱与荒谬了,也需要我们认真地思考了。诚如有人所言,"让新闻成为'世态'、让世相成为'存在'、让戾气化为'情感'、让'正能量'沉淀为

'价值观'。余华用作家的胃口艰难地吞咽并顽强地消化着'新闻',以绝不遗忘和咀嚼反刍的姿态,让痛深入骨髓,让爱融入心灵"①。用绝对真实的新闻事件作为凸显现实的手段,并进而展示这些新闻事件背后的荒诞与沉重、悲凉与疼痛、愤怒与绝望,是《第七天》的内在底色。试想,如果文明无力保护弱者,如果现实无力展示真相,如果尊严无法获得维护,作为一个一直生活于其中的作家,只要稍有良知,我以为,都会做出应有的承诺和回应。

当然,回应的策略和方式会因人而异。譬如,阎连科的《风雅颂》就选择了狂欢式的反讽性叙事;莫言的《天堂蒜薹之歌》动用了多角度的聚焦式呈现,甚至也不乏亡灵的对抗和戏谑性的反讽;而苏童的《蛇为什么会飞》则选择了某种寓言化的表达策略,让欲望之蛇横行于生活的角角落落。在《第七天》里,余华选择了亡灵的视角,并在叙事上做了两个前提上的限定。首先是杨飞为了寻找养父的亡灵。这意味着,他虽然是一个倾听者,但他无暇去听每个亡灵完整的一生,也不可能像《活着》那样,可以让福贵进行

---

① 刘广雄:《〈第七天〉为何遭遇"恶评如潮"?》,《文艺报》2013年7月17日。

漫长的叙述。其次,每个亡灵与他相遇时,杨飞的主要目的是帮助他们恢复死亡前的状态或还原死亡事件,而不是要打探他们各自的一生。所以,在双重限制之下,余华只能对那些亡灵事件进行简约化的处理。当然,他也尽可能对一些有代表性的事件进行了反复的补充式叙述,像伍超与鼠妹刘梅的爱情。

无论现实怎样荒诞和残酷,爱、牺牲、体恤……这些人类引以为荣的人性之光泽,终究不会泯灭。它是照亮幽暗现实的烛火,也是反抗沉重现实的法宝。《第七天》动用了近三分之二的篇幅,不断地呈现各种来自底层的人性之光,包括宽广无私的爱、无怨无悔的牺牲、深切的体恤,它们沉淀在杨金彪、李月珍、伍超与刘梅、杨飞、李青等人物的心里,不时地放射出迷人的光泽。这些来自阳界底层生活的人性,构成了《第七天》追问荒诞现实的一个视点,也折射了余华对理想人伦的渴望,以及对"诗性正义"的强烈捍卫。余华曾多次强调,三十多年来的飞速发展,给中国社会创造了无数的物质奇迹,却也留下了无数匪夷所思的精神奇观。在这些精神奇观里,余华看到的是世道人心的破败和凋敝,是美好人伦的不断倾斜和坍塌,是无数生命的悲剧与喜剧同台共舞。但他也同样发现,在无数卑微的生命之中,依然闪耀着人性的光泽,依然弥漫着人间特有的温情。

我们有理由认为,在《第七天》里,"寻找"只是故事的外在形式,只是叙事的内驱力。"寻找"的目的,是揭示和再现。它意在告诉我们,每一个亡魂都见证了一种荒诞的现实,每一个亡魂也道出了世间的一个真相。寻找,是为了见证,既见证了我们这个时代的混乱和浮躁,也见证了善良人性的光泽。

三

从结构上看,《第七天》是紧凑而简洁的。它从寻找出发,让杨飞的亡灵不断穿越于阴阳两界,一边复活自己的记忆,打量阴间的世界,一边倾听各种亡灵的遭遇,不断还原种种被现实遮蔽的真相。创世神话也好,中国传统的"头七"也罢,总之经过七天的奔波,杨飞终于打开了生与死的双重世界,并揭示了大量令人震惊、揪心、感伤、愤懑的现实景象。在这一结构中,余华精心营构了一种内在的叙事逻辑:杨飞必须要找到相依为命的养父。生前,他已卖掉了房子,关掉了小卖店,又四处打探商场火灾中的死难者,甚至找到了他从未去过的养父家乡……在所有他能寻找的地方,他都不曾放弃。在濒临绝望之际,杨飞最终在饭店的爆炸事故中身亡,由此开始了在阴间对养父的继续寻找。这种"上穷碧落下黄泉"式的寻找,使整个叙事弥漫着浓厚的温情,也昭示了人性中超越血缘的爱与牺牲。

尽管亡灵视角的选择并不是余华的独创,像胡安·鲁尔福的《佩德罗·巴拉莫》、帕慕克的《我的名字叫红》,都是以亡灵的视角展示了沉重而吊诡的历史,但对于习惯常态视角的余华来说,这无疑是一种挑战,多少也体现了他试图突破自我的积极姿态。这一特殊的人物视角,不仅有效地控制了整个故事的发展,也使叙事的空间变得自由而广袤。事实上,《第七天》里每一个新闻事件的背后,都有一个完整而悲怆的故事,但都因杨飞要寻找养父而变成了片段,只有刘梅与伍超的爱情,在几个亡灵的补充诉说中变得相对完整。这种叙事的剪裁,既符合故事的情节逻辑,又体现了余华的简约风格。

当然,如果从叙事的审美格调上看,《第七天》依然承续了余华某些一以贯之的写作特质,如悲剧与喜剧相交融的叙事方法、对底层平民生存及命运的深切体恤之情、对荒诞现实强烈嘲讽的姿态,以及异常简约的叙事风格。这些特点,在余华以往的小说中都体现得非常明显。像《在细雨中呼喊》里,既有孙广才天才般的无赖行径,又有孙光林的孤独、恐惧和绝望;《活着》中的福贵,曾经是一个败光了所有家产的纨绔子弟,最终却以巨大的韧力承受了无数的人生劫难;《许三观卖血记》中的许三观同样也是苦中作乐,悲中求欢,甚至用"嘴巴炒菜"对抗饥饿;《兄弟》更是悲喜交集,浓郁的亲情与世俗的欲望,在两兄弟之间形成了各种奇妙的交织……所有这些长篇,其实都显示了余华是一个擅长悲喜交织式叙事的作家。他崇尚极致美学,喜欢在大喜大悲之中展示人物的命运,传达自己的审美追求,同时又讲究简约轻盈的原则,以叙事的"减法"(张清华语)取胜。

在《第七天》里,最引人注目的,无疑也是这种悲喜相融的叙事策略。它立足于底层平民的深厚伦理,又直指现实秩序的荒诞无序;它深入一个个生活现场,又超然于各种现实;它紧扣着杨飞的视角,以不同的方式向记忆与现实、阴间与阳界发出各种邀请。这种分裂式的叙事策略,在中国当代作家中很少有人运用,能够运用得恰到好处的作家更少。余华对此却操控自如,且又显得异常简约。所以,程永新由衷地说道:"奇异幻想和残酷现实浑然天成,一扫充斥文坛的庸俗叙事,与大量伪写实作品相比,《第七天》犹如存活率稀少的优质婴儿。幻想和现实结合后的基因,汩汩流淌在此书的血液里。"①的确,在这部小说中,各种奇异的幻想随处可见,从杨金彪准确分辨婴儿杨飞饥饿之声与口渴之声的区别,到"死无葬身之地"里种种匪夷所思的祥和与平等,这些超验性的叙事与坚硬的现实纠缠在一起,形成了一种既尖锐又温暖、既真实又怪诞、既质朴又戏谑的审美特质。

这种审美特质,强化了《第七天》在叙事形式和精神内涵上的张力关系,也使余华在逼视现实时,更有效地凸显了自身的人道立场和价值观念,从而建构了一座通往"诗性正义"的审美桥梁。玛莎·努斯鲍姆曾说:"小说阅读并不能提供给我们关于社会正义的全部故事,但是它能够成为一座同时通向正义图景和实践这幅图景的桥梁。"②就《第

---

① 程永新:《与一本书相遇是缘分——谈余华的〈第七天〉》,《文汇报》2013年7月7日。
② [美]玛莎·努斯鲍姆:《诗性正义:文学想象与公共生活》,丁晓东译,北京大学出版社2010年,第26页。

七天》而言,寻找,是为了见证,但见证并非余华的最终目的,而是他质询、追问和反思的目标。余华试图通过对荒诞现实的举证和质证,努力唤醒与我们渐行渐远的人性之美。因此,如果绕开二元对立的思维,我们会发现,《第七天》里各种张力关系的建立,都明确地折射了创作主体对无序现实进行无情解构的价值立场,即以亲情、友爱、平等、体恤、牺牲来对视混乱而丑陋的现实,以乌托邦式的"死无葬身之地"来洞穿现实世界的幽暗与冷漠。所以,《第七天》的整个叙述基调,始终是温暖而绵长的,凸显了作家内心深处宽厚的人道情怀。尤其是在他动用写实的笔触时,总是能够迅速抵达人性中最柔软的部位。譬如,当他叙述9岁的郑小敏坐在寒风冷冽的废墟中做作业时,他会让小女孩情不自禁地说,"爸爸妈妈回来会找不到我的";当他叙述养父的亡魂时,"他的声音有着源远流长的疲惫",明确地呼应养父重病在身的现实镜像;在叙述杨金彪的五位农民兄弟的悲伤时,"这五个老人眼圈红了,可能是他们的手指手掌太粗糙,他们五个都用手背擦眼泪";在小说的结尾,当所有的亡魂都为刘梅净身、缝衣,咏歌时,一切都变得如此圣洁、如此华光四射。

在喜剧性手法的表达上,《第七天》主要体现在余华对吊诡、荒诞的现实事件的处理中。它的语调体现为反讽性、戏谑性和嘲解性,从而使强拆、毒食品、袭警、卖肾、瞒报灾情……这些我们经常面对的现实,呈现出某些漫画式的审美效果,凸现了理性萎缩、欲望增强之后,当下社会里所涌现出来的各种反伦理、反逻辑的生存景象。当基本的理性缺失的时候,当基本的公正无法维持的时候,当弱者永远也无法把握自己命运的时候,我们已很难用逻辑来建构现实,而用荒诞来表现荒诞,也许是一种更有效的策略。我以为,这或许是余华的真实用意。所以,《第七天》里的喜剧性表达,常常直指现实本身的失范和失序,如刘梅跳楼时,广场上围观的人群里却穿梭着各种小贩;一场"扫黄打非"行动,结果却让一个嫌犯失去了一对睾丸;张刚的父母为儿子申请烈士,最后成了专业的上访户;谭家菜饭店在阴间的开张,成了食品最安全的饭馆;夫妻双双下班回家休息,却在浑然不知中遭遇强拆而葬身废墟……这些叙事不断溢出经验的范畴,也溢出了我们对社会进步理念的理解范畴。这是众多平民百姓的生存之痛,也是中国社会发展的内在伤痛。

嘲解不只是因为焦虑和愤懑,还有感伤和无奈、警示与反省。本雅明曾经说过:"所谓写小说,就意味着在表征人类存在时,把其中不可通约的一面推向极致。处身于生活的繁复之中,且试图对这种丰富性进行表征,小说所揭示的却是生活的深刻的困惑。"①毫无疑问,《第七天》所直面的,正是这种异常"繁复"的生活。余华将那些荒诞的现实不断地呈现出来,从某种意义上说,也正是将现实中"不可通约的一面"推向了极致,并由此表达了创作主体对我们这个时代的焦虑与思考,以及对"诗性正义"的彰显与召唤。

---

① ［德］瓦尔特·本雅明:《写作与救赎——本雅明文选》,李茂增、苏仲乐译,东方出版中心2009年版,第84页。

第八章　论《文城》

余华的长篇小说《文城》是一部怀抱人间、直视苍生的悲怆之作,也是一部标举情义、追击人性的快意之作。表面上看,它是一个关于寻找的故事,叙述了主人公林祥福寻找妻子,寻找一个叫"文城"的南方小镇;而实质上,它从"寻妻"这个小小的个人意愿出发,让林祥福一步步卷入历史的巨大洪流之中,不仅对命运发出了仰天浩叹,而且对苍生进行了深切的叩问。一次次天灾,伴随一次次人祸,让我们看到那个富足安宁、木屐声声的"鱼米之乡",最终沦为万物凋敝、尸横遍野的荒凉之地,凸显了作家胸中难以排遣的感伤之情。它的独特之处在于,作者动用了写实、抒情、诙谐、魔幻等诸多叙事手法,通过军阀混战、匪祸横行的混乱年代,凸显了人性的温暖与晦暗、谦卑与暴烈,宛如一曲生命与时代的双重挽歌。

一

《文城》简约但不简单,节制却不拘谨,叙述明净轻快,作家的想象犹如溪水自流,但也不乏勇猛和血腥的渲染。它既延续了余华在亲情与温情上的叙事魅力,又拓展了情感背后巨大的人伦空间。小说的故事始于欺骗。纪小美与沈祖强先是谎称兄妹,暂宿林祥福家;接着小美又谎称生病,顺理成章地留在了林家;冰雹肆虐之夜,早已暗生情愫的两人便有了肉体之欢,于是草草成婚。婚后不久,小美却偷拿林家金条不辞而别,使得林祥福饱受情感与财产的双重欺骗。不料数月之后,小美又拖着孕身悄然归来,林祥福纵有千怒万恨,想到小美腹中的亲骨肉,也慢慢地化愤懑为柔情,并郑重地补办了婚礼。孰知小美产下女儿之后,再一次不辞而别。面对不断遭受的欺骗,林祥福痛下决心,在安排好家业之后,便怀抱婴儿,踏上了漫漫的寻妻之路。应该说,这是一个别有意味的开始。它情意绵绵,却又深藏隐痛。余华借用了侦探小说的套路,在叙事的开端便预设了一个让人揪心的谜团,期待林祥福去探寻最后的真相;同时它又袭用了言情小说的错位性结构,使小美的无奈欺骗和林祥福的执着寻找形成了难以和解的叙事张力。

事实也是如此。作为一个没有自主意识和自主能力的柔弱女子,小美从第一次欺骗开始,便注定会让自己陷入情感和命运的双重深渊,因为她面对的是一个拥有极强自主意识和自主能力的林祥福。英俊稳重的外貌,诚实善良的为人,殷实富足的家业,孤单落寞的家庭,勤劳能干的品质,林祥福的气质与处境,既激活了小美内心的女性柔情,又让她解除了漂泊无着的恐惧。但她终究是有夫之妇,她没有办法把控自己的命运,只能短暂地抓住自己的情感需求。她用中国传统女性的善良和温柔作为抵押,试图通过小小的欺骗,摆脱眼前的尴尬和困顿,不料却因此饱受情感和道德的煎熬。拖着沉重的孕身,她想通过为林家留下亲骨肉,缓释内心的这种道德煎熬,岂料又陷入血缘上永难割舍的漫长煎熬。我们当然可以哀其不幸,却无法怒其不争,因为她在本质上并不想去伤害别人,她也没有足够的勇气和能力去伤害别人,但她最终还是对阿强、林祥福和女儿都构成了伤害。

这种对自我与亲人的双重伤害,说到底,只是一种善良伤害了另一种善良,同时还深深地动摇了我们赖以生存的信任、亲情和血缘,成为一种永难和解的悲剧。正是这种悖论性的悲剧,奠定了整部小说的情感基调。它意味着,林祥福的自主意识越清晰,内心意志越坚定,他的寻妻之路就会变得越坎坷、越无望。所以,当这个身材魁梧的青年男人,背着巨大的包袱,怀抱着婴儿,一路艰辛地来到江南时,也便注定了他将步入命运的失控之境。一方面,余华处处留下蛛丝马迹作为铺垫,包括小美的方言、木屐,小美将婴儿称作"小人"等;另一方面,他又让极为专情的林祥福在这些蛛丝马迹中捕捉"文城",并最后定居于溪镇。用情专一当然是美好的人性品质,但对于林祥福来说,让女儿找到母亲,让父女拥有一个完整的家,这才是他的最终愿望。无奈的是,在溪镇短暂的交会中,一场暴雪断送了小美的生命,也断送了林祥福寻找的一切可能性,并使这种悖论性的人性悲剧转向命运的悲剧。

在这种命运悲剧的背后,其实还隐含了信念的悲剧,或者叫伦理的悲剧——它就是林祥福对家的渴望与寻求。林祥福如此执着地寻找小美,情感虽是不可忽视的因素,但家的信念无疑更为突出。深受传统家庭伦理熏染的林祥福,在经历父母双亡之后,内心深处对于完整的家庭几乎有着刻骨铭心的需求,尽管这并没有体现于他的外在言行之中,但是小美的两次相伴,使他深切地体会到家的温馨、安宁和愉悦,他甚至不自觉地坐到了幼时的小书桌边,重温父母健在时的读书生活。在女儿出生之后,这种伦理诉求越发强烈,他毅然决然地舍弃一切,就是为了获得一个完整的家。家是一个人的身心之寓所,也是中国普通百姓孜孜以求的生命归宿。费孝通就认为,中国人与社会的关系,是以个体的家庭为中心所形成的"差序格局"。梁漱溟也说道:"人一生下来,便有与他相关系之人(父母、兄弟等),人生且将始终在与人相关系中而生活(不能离社会),如此则知,人生实存于各种关系之上。此种种关系,即是种种伦理。伦者,伦偶,正指人们彼此之相与。相与之间,关系遂生。家人父子,是其天然基本关系,故伦理首重家庭。……随一个人年龄和生活之开展,而渐有其四面八方若近若远数不尽的关系。是关系,皆是伦理;伦理始于家庭,而不止于家庭。"[①]按照梁漱溟的观点,西方人注重集团生活,所以家庭

---

① 梁漱溟:《中国文化要义》,上海人民出版社2005年版,第72页。

观念会相对淡漠一些,但中国人缺乏集团生活,这是"中国人倚重家庭家族之由来。盖缺乏集团生活与倚重家族生活,正是一事之两面,而非两事"①。正因如此,家不仅成为林祥福的人生执念,也为整个叙事提供了坚实的内在驱动。

　　林祥福对家的这种执念,既是《文城》中最令人动容的伦理诉求,也是余华所有长篇小说中所蕴藏的一种重要人生信念。《在细雨中呼喊》中的孙光林,一次次饱受成长的恐惧和压抑,就是因为家庭伦理严重缺失。当然,同样遭受无家之痛的还有少年国庆,以及年幼的鲁鲁。他们惶惶如丧家之犬,艰难地游离于尘世之中,构成了人物成长的尖锐之痛。《活着》中的福贵,虽然经历了亲人一个个死去的悲惨际遇,然而通过他的漫长回忆我们看到,福贵始终沉浸在温情的家庭伦理中,历数妻子和儿女如何"懂事"。如果说福贵活着就是为了忍受,那么支撑他忍受这一切痛苦的精神动力,就是那个虽然贫穷却充满温情的家。在《许三观卖血记》里,许三观一次次忍辱负重,不断通过卖血来摆脱各种生存的危机,最终也是为了维护一个完整而温馨的家。

---

① 梁漱溟:《中国文化要义》,上海人民出版社 2005 年版,第 70 页。

《兄弟》中无论是许玉兰和宋凡平对家的重建,还是李光头发达之后要将宋钢的骨灰送上太空,在本质上依然体现了人物对家的依恋。《第七天》里,杨飞频繁地穿梭于阳界和阴间寻找养父,同样也是为了寻找一个完整的家。我们固然很难推断余华对于家庭伦理极为推崇的内在原委,但是,在他的后期创作中,家庭伦理确实成为最重要的叙事内核,并构成了人物行动的潜在动力。《文城》再一次标举了这种家庭伦理对于中国人的生存之重要,甚至成为主人公的内在信念。遗憾的是,林祥福生活在家国飘摇的历史时期,这种朴素的意愿最终成为奢望,就像"文城"终究是一个遥不可及的虚幻之地。

除了家庭伦理之外,《文城》还隐含了其他传统伦理对于人生的巨大支撑作用。我甚至认为,如果我们忽略了伦理的维度,《文城》几乎就是一个言情的故事,即一个女性与两个男人之间的错爱,导致彼此都难以割舍。但是,正是各种传统伦理的全面渗透,才使《文城》的情感基调变得十分浑厚。众所周知,中国的传统社会就是一个伦理本位的社会,它以"关系"的亲疏为枢纽,形成了一种以家庭为核心的伦理体系。中国传统社会的所有人际关系,其实都隐含了特定的伦理准则,它始于家庭,却延伸到社会的各种层面。也正是这些约定俗成的伦理准则,使很多小说中的人物关系都超越了一般的情节约定,并延伸到复杂的思想文化和生存观念之中。《文城》的深厚之处,就在于余华对诸多的传统伦理给予了深情的敬拜。随着林祥福寄住于溪镇,围绕林祥福、陈永良、田氏兄弟等人之间情同手足的关系,我们不仅看到了他们之间的信任和情义,还看到了他们面对各种天灾人祸所表现出来的慈悲。这些美好的伦理,常常超越了道德的范畴,与人性构成了紧密的同构。譬如,林祥福将银票放在女儿的襁褓里,当陈永良问他为什么将这么重要的东西放在婴儿身上时,林随口答道,"如果女儿丢了,我还要银票干什么";田大找到林祥福后,立即将最后一双草鞋换上,并从怀里小心翼翼地掏出地契和金条,郑重地交给东家;陈永良发现儿子与林百家的恋情后,便果断举家迁往千亩荡,以便斩断两个孩子感情上的纠葛;土匪"和尚"放走陈耀武时,还让母亲给他带上食物……这些情节,既是人性的自然流露,又折射了重义轻财的伦理观念。中国传统社会与西方社会之所以存在较大的差异,就是因为中国的传统伦理推崇重义轻财,标举仁义礼智信,而西方则强调私有财物之不可侵犯,所以,"各国法典所致详之物权债权问题,中国几千年却一直是忽略的"。因为中国传统社会是"从伦理情谊出发,人情为重,财物斯轻,此其一。伦理因情而有义,中国法律一切基于义务观念而立,不基于权利观念,此其二。明乎此,则对于物权债权之轻忽从略,自是当然的"①。《文城》中所透露出来的信任、情义、慈悲、谦卑等人性品质,其实都是由传统的利他性伦理孕育而成的,这也是小说中最耐人寻味的内涵。

二

认真地品味《文城》中所蕴藏的伦理意味,既可以使我们摆脱小说情节上的热闹所带来的感官刺激,也能够让人们更深切地体会到人性的特殊魅力。在《文城》中,我们很难辨析,究竟是传统伦理培植了那些纯朴的人性,还是人性维系了深厚的伦理。无论是林祥福、陈永良、顾益民,还是田氏兄弟、李美莲、翠萍以及小美,他们身上所体现出来的人性,在本质上都超越了个体的私欲,呈现出鲜明的社会化

---

① 梁漱溟:《中国文化要义》,上海人民出版社2005年版,第74页。

的伦理属性。别有意味的是,当这种人性遭遇兵匪横行、天灾频发之时,便在公共生活的层面上迅速汇聚成正义伦理,也使我们看到了溪镇百姓与兵痞周旋、与土匪恶战、与天灾抗争的坚韧和无畏。不错,他们也很胆小,也有恐惧,当张一斧等土匪绑票施刑时,他们同样哭天号地,但在真正的善恶较量和生死对垒之中,他们又充满血性和果敢,像陈三、孙凤三、徐铁匠等独耳团成员,最终都为捍卫溪镇的和平与安宁献出了生命。在城隍阁祭拜苍天的盛大仪式中,小美和阿强等六人也在雪地里受冻而死,同样折射了溪镇百姓对于正义伦理的内在诉求。这种伦理诉求,在某种程度上,也体现了余华对于历史、现实与文化的人性之思。说实在的,在当下的很多小说中,我们常常看到的是人性的自私与幽暗,或者人性与伦理形成的尖锐对抗,却很少看到人性与伦理在积极和崇高的层面上互动互构,以至于孟繁华曾发出当代文学已出现"情义危机"的吁告[①]。而《文城》却毫不含糊地将情义安置在伦理与人性的重要位置,并深深地植入人物的精神血脉之中,使他们在世俗生活里的一举一动,

---

[①] 孟繁华:《写出人类情感深处的善与爱——关于文学"情义危机"的再思考》,《光明日报》2019年3月27日。

都悄无声息地彰显了这种人间珍贵的品质。

情义不显,正义难求。当然,仅有情义,也未必就能彰显正义。《文城》将情义、慈悲、善良与人间大义交织在伦理的维度中,从而表明了创作主体对正义伦理的积极维护。这也印证了努斯鲍姆关于小说的判断:"小说阅读并不能提供给我们关于社会正义的全部故事,但是它能够成为一座同时通向正义图景和实践这幅图景的桥梁。"[1]在努斯鲍姆看来,文学作品常常会以这样或那样的方式,深入人类的公共生活之中,并向人们提供一种"诗性正义"的情感和价值立场。这种立场,不仅完全有别于经济学意义上的功利主义,而且通过作家的想象表现出对不同个体生命的关注,并有效拓展了个人的经验边界,"这一诗性正义和诗性裁判无疑比经济学功利主义的正义标准具有更多的人性关怀,无疑能够为正义和司法提供更加可靠的中立性标准。至少,它能够为正义和司法的中立性标准提供一种必不可少的补充"[2]。所以,努斯鲍姆由衷地说道:"小说显示了,

---

[1] [美]玛莎·努斯鲍姆:《诗性正义:文学想象与公共生活》,丁晓东译,北京大学出版社2010年版,第26页。

[2] [美]玛莎·努斯鲍姆:《诗性正义:文学想象与公共生活》,丁晓东译,北京大学出版社2010年版,第5页。

由于经济学思想决心只观察那些能够进入实用主义计算的东西,因此它是盲目的;它对可观察世界的质的丰富性视而不见;对人们的独立性,对他们的内心深处,他们的希望、爱和恐惧视而不见;对人类生活是怎么样的和如何赋予人类生活以人类意义视而不见。最重要的是,人类生命是一种神秘和极度复杂的东西,是一种需要用思想能力和能够表达复杂性的语言才能接近的东西,但经济学思想对这一事实视而不见。在科学的名义下,那些照亮和唤起最深奥科学的惊奇已经被抛弃了。"[1]小说正是借助了丰沛的想象、修辞性的叙事,在各种审美的虚构中,呈现人类生命内在的复杂与丰饶,并传达创作主体对于生命存在的特殊思考。回到《文城》,林祥福怀抱婴儿,一路风尘仆仆地来到溪镇之后,他从妻子小美的木屐、旗袍和语速极快的方言中,逐步断定这里应该就是所谓的江南水乡"文城"。于是,他在溪镇开始了长达十七年的生活,直到魂归故里。他以无私的父爱,将女儿抚养成人,又以罕见的谦卑和情义,对抗了一次次天灾人祸。他与陈永良、顾益民等,一步步成为溪镇

---

[1] [美]玛莎·努斯鲍姆:《诗性正义:文学想象与公共生活》,丁晓东译,北京大学出版社2010年版,第47页。

的灵魂人物,在动荡不安的岁月里,不断展示了人间最珍贵的信任、情义和仁慈,也传达了正义的伟岸之力。

首先,《文城》的诗性正义鲜明地体现在时代与个人的执着对抗之中。在余华的长篇小说中,《活着》和《许三观卖血记》主要以20世纪40年代至80年代为历史背景;《在细雨中呼喊》则主要以20世纪六七十年代的社会动荡为背景,只是偶尔涉及一些解放前的历史记忆;《兄弟》和《第七天》主要是面向20世纪80年代之后的现实生活;而《文城》则首次将叙述扩展到清末民初,几乎可视为《活着》的前史。因此,从《文城》到《第七天》,余华的6部长篇,非常清晰地呈现了整个20世纪中国历史的变迁。无论余华有没有全面探讨20世纪中国历史的自觉,但他将人物置于不同的历史时段来进行关于人性与命运的探讨,这也足以说明他依然有着清晰的历史意识,以及对自我写作的某种超越。因为在《文城》中,我们看到了那个时代特有的民俗生活和民间文化,包括"大黄鱼"、"小黄鱼"、硬木器匠、软木器匠、"私窝子"、民团组织以及土匪的各种刑罚等等,这些必要的知识储备虽不见得有多么艰深,但它们无疑精妙地呈现了那个时代特有的生活气息,也体现了余华对历史的尊重，以及对叙事本身的潜心维护。

当然，清末民初最突出的时代特征就是"乱"。也就是说，林祥福、陈永良、顾益民等等，纵有一身的好本领和好品质，也终究摆脱不了乱世之厄。在《文城》中，乱世是一种外在的张力，可以在传奇性的叙事中展示人物的禀赋和品质；同时乱世也是一种历史的隐喻，为作家传达诗性正义提供了一道清晰而宽广的帷幕。这个乱世，既有天灾，又有人祸。在小说的开头，余华就动用了魔幻式的笔触，连续叙述了三次天灾——雨雹、龙卷风和雪冻，一次比一次惨烈，使整个叙事笼罩了一层坚硬的现实底色。在这些自然灾难中，林祥福从北方来到南方，与陈永良共同修缮居民家什，既赢得了溪镇百姓的信赖，也体现了人物维护社会正义的愿望。到了人祸来临之时，乱世变得更为不堪。土匪绑票，军阀扫荡，兵匪勾结，溪镇从此进入万劫不复的深渊。尽管林祥福、顾益民和陈永良等人用尽智慧，化解了北洋军败军对溪镇的扫荡，但是来去无踪的土匪成为人们的心头大患。在叙述匪患的过程中，余华充分发挥了其先锋时期书写血腥与暴烈的能力，从割耳朵到吃人肝炒饭，可谓令人惊悚。面对如此残酷的处境，溪镇百姓在顾益民、林祥福等人的带领下,以牺牲众多生命为代价,进行了顽强无畏的抗争,直到陈永良最后击杀匪首张一斧。一方面,乱世使鱼米之乡的溪镇变得万物凋零,横尸遍野;另一方面,溪镇的平民却以前仆后继的方式,展现了对正义伦理的执着捍卫。在这种历史与个人的对抗中,个体命运的传奇性与悲剧性,人性内在的善良与丑恶,共同见证了乱世之乱,也折射了创作主体对诗性正义的积极张扬。这种乱世之厄,也让我们想到席勒所说的"感伤的诗","感伤的诗人除少数时刻外,却经常使我们讨厌现实生活",因为感伤的诗人追求的是理想,"所有存在的事物都有种种限制,而思想却是无限的"[1]。《文城》正是通过对乱世的"感伤",映照了生命理想之地的"文城"确实无处可觅。

其次,这种诗性正义还体现在对个体生命的尊重之中。这种尊重既有真诚和体恤,又有信任和宽容。林祥福怀抱婴儿千里寻妻,历经无数的磨难,也从来不曾在内心里痛恨小美;林祥福在雪冻中一家家敲门,为女儿求奶水,却从未见到有人拒绝;陈永良收留林祥福父女后,他们"宛如一家

---

[1] 伍蠡甫主编:《西方文论选》(上卷),上海译文出版社1979年版,第492页。

人"在溪镇打拼生活,最后结成兄弟般的情谊;田大不仅帮林祥福打理家业,还两次千里南下,欲接东家归家;顾益民身为溪镇乡绅和商会会长,在小镇遭受一次次天灾人祸时,总是竭尽所能安慰大家;饱受命运和情感折磨的小美,虽然无法与林祥福相认,但从未放弃对女儿的牵挂;独耳团成员虽毫无军事才能,但最终以血性和勇猛击退了恶匪张一斧等群匪的攻城;为救回顾益民,林祥福抱着必死之心,只身进入匪窝;为报林祥福之仇,陈永良穷尽智慧,最后击杀张一斧……在那个乱世之中,平民的生命原本就如草芥,余华却让这些草芥般的生命活出了自身特有的光芒——人性的光芒,情义的光芒,智慧的光芒,坚韧与勇敢的光芒。正是这些与生俱来的光芒,深深地触动了我们柔软的内心,也唤醒了人们对于人间大道的吁求。

《文城》中的女性也同样有着夺目的人性光泽。她们柔顺、坚韧、善良,忍辱负重,通晓大义。挑着家当与丈夫一路奔波的李美莲,在家境殷实之后,依然保持着宽厚、善良的秉性,不仅照顾林祥福父女的生活,而且几乎充当了林百家的母亲角色。为生活所逼而做了"私窝子"的翠萍,依然保持着女性特有的柔顺和体面,善解人意,深怀感恩,恪守信用,同样是一位情义女子。小美的婆婆虽有小市民的尖刻和精明,但终究算不上恶妇。作为《文城》中另一个主人公的小美,可谓饱受命运的折磨,但她对公婆、对娘家的兄弟、对丈夫阿强、对林祥福、对女儿,都持以女性天然的柔情和体恤。她的蒙昧和她的能力相辅相成,她忍辱负重却从不抱屈喊冤。与生俱来的母性意识,使她在伦理与人性的纠结中,常常以泪洗面。她不想再添新的伤害,只能将女儿的胎毛贴在胸口,以自我伤害的方式度日如年。这些柔弱而又坚韧的女性,无疑融入了余华对于女性生命的敬重,甚至不乏理想的情怀。正是这些男男女女的群像,穿梭于多灾多难的乱世之中,才让我们看到了诗性的正义之光。

再次,这种诗性正义,还表现在余华对理想社会的积极建构中。在余华的一些小说中,常常会暗藏一些隐秘的精神乐土、生命的期许之地,像阿甘本所说的,"感知这种力图抵达却又无法抵达的光"[1]。在《活着》中,这理想之光便是福贵心里每个亲人的"懂事";在《许三观卖血记》里,是许三观和一乐的父子之情,最终彻底洗却了血缘之耻;在

---

[1] [意]吉奥乔·阿甘本:《论友爱》,刘耀辉、尉光吉译,北京大学出版社 2017 年版,第 70 页。

《兄弟》里,是李光头永不言败的自嘲与自立;在《第七天》里,是人人平等、恩怨全消的阴间"死无葬身之地";在《文城》里,则是真实的溪镇和不存在的文城。河流纵横、木屐声声的溪镇,无疑是江南的鱼米之乡,民风淳朴,社会祥和,生活安宁。无论是本地人还是外来人,都自然融洽,宛如一家。面对一次次天灾人祸,他们虽也贪生怕死,但总是群策群力——尽管说不上一呼百应,但在公道和大义上并不含糊。乱世之中的这一方水土,可谓处处散发着人间特有的温情,多少有些乌托邦的意味。当然,最明显的乌托邦还是那个并不存在的文城。这个阿强随口编造的地方,"这个虚无缥缈的文城,已是小美心底之痛,文城意味着林祥福和女儿没有尽头的漂泊和寻找"。在不断受到小美诘问时,阿强言不由衷地说道:"总会有一个地方叫文城。"是的,总有一个地方叫文城,对于林祥福来说,那里有妻子,有完整的家,折射了一个普通百姓对生命乐园的全部理解,彰显了普通平民对于诗性正义的终极诉求。所以,它既是一个不存在的地方,又是一个明确存在的地方。作为地域意义上的城镇或乡村,它确实不存在,但是作为人间真情厚义的承载符号,它又真实地存在于林祥福、陈永良、顾益民等人的内心。林祥福把寻找文城当作自己一生的目标,最后在溪镇找到了人间所有的情义。所以,他的一生,其实是寻找和践行诗性正义的双重注释。

三

在阐述诗性正义时,努斯鲍姆认为,应该像理解法律制度那样,科学地理解有关文学的诗性正义和诗性裁判之功能。"这个文学裁判是亲密的和公正的,她的爱没有偏见;她以一种顾全大局的方式去思考,而不是像某些特殊群体或派系拥趸那样去思考;她在'畅想'中了解每一个公民的内心世界的丰富性和复杂性;这个文学裁判就像惠特曼的诗人,在草叶中看到了所有公民的平等尊严——以及在更为神秘的图景中,看到了情欲的渴望和个人的自由。"[1]这也就是说,诗性的正义并不是单纯的道德判断,不是忽略个体之社会属性的走火入魔,而是对生命内在的复杂性和神秘性保持必要的尊重和敬畏。通过林祥福、陈永良等人在乱世中的艰难生存,《文城》确实在某种意义上践行了这种

---

[1] [美]玛莎·努斯鲍姆:《诗性正义:文学想象与公共生活》,丁晓东译,北京大学出版社 2010 年版,第 170—171 页。

诗性的正义伦理。因为在《文城》中,为了激活不同生命的内在个性,余华几乎调动了自己擅长的所有叙事手段,从写实到魔幻,从冷静到抒情,从诙谐戏谑到黑色幽默,等等。面对不同的人物和不同的人生处境,作家常常会精心选择最具表现力的叙述方式,迅速而精准地凸现人物内心的情感力量和价值取向。譬如,在叙述雨雹、龙卷风和雪冻时,他会动用魔幻式的叙述手法,极力夸大自然灾害的威力,包括击穿屋顶的雨雹"形大如盆",将背着沉重包袱且身材高大的林祥福直接吹到两三里之外的龙卷风,以及连下十八天暴雪的极寒天气,使人们在面对这些自然淫威时,如同面对强悍的历史一样束手无策。它们是如此魔幻,因为它们永远无法让人预知。在叙述顾家三个少爷撑着竹竿过河去嫖娼、陈耀武带着初恋情感不断返回溪镇的过程,以及北洋军队溃败途中扰民、毫无军事能力的独耳团操练杀敌等情节时,余华则运用了诙谐戏谑的语调,尽显夸张嘲讽之效果。在叙述绑匪的种种奇特刑罚,以及林祥福和顾益民与土匪打交道、陈永良带领民团与张一斧深夜决战等时,则又带着某种黑色幽默的意味。而在叙述一些暴力场景时,余华又极其冷静和细腻,不断延展受害者的感受,像土匪虐待乃至割下绑票的耳朵、土匪与溪镇民团在城墙上对抗和杀戮、土匪在千亩荡随意屠杀百姓等,都不乏血腥的细节。《文城》的整个叙事基调无疑是抒情与写实并重,林祥福与小美的两次短暂相聚、林祥福南下寻妻的一路风尘、林祥福大雪中为女儿四处乞讨奶水、小美在雪冻中日夜想念女儿和林祥福、田家兄弟接林祥福尸体返回故里等,都有大量令人为之动容的实情实景。从这些不同的叙述中,我们既可以看到当年写先锋小说的余华,也可以看到写《活着》的余华,不仅体现了余华在叙事上的多重才能,也充分印证了努斯鲍姆对作家之爱应该没有偏见的诗性正义之判断。

如果进一步细究《文城》在叙事上的抒情意味,我们还可以剖析创作主体的情感取向和兴味关怀。小说的虚构性质,决定了它必然是作家创造的一种主观世界。在这个世界内部,既隐含了作家对人类生活及其可能性状态的关注和思考,也展示了作家对人性、情感和命运的认知和辨析,因为"不管作家的态度如何超然物外,不管是他自己作为叙述者,还是通过一个人物来说话,或者从一个人物的角度去叙述,归根结底,是作者对小说中的事件作出解释和评价"[1]。从叙事的整体上看,《文城》的故事结构并不复杂,张力设置也相对简单,林祥福、陈永良、顾益民、田大五兄弟、李美莲、翠萍等等,都是纯朴、宽厚、善良的人,是传统伦理上的至善人物;即使纪小美和阿强因欺骗林祥福而诱发了整个故事的开始,但也饱受了人伦的折磨。而在张力的另一面,则是天灾和匪祸,基本上是极恶的代表。事实上,使用这种最简单的、极致化的张力来推动小说的叙事,在一般作家的笔下,很容易陷入一种基于偶然性和传奇性的叙事窠臼。《文城》则摆脱了这种窠臼,尽管它依然带有传奇性,但我们被一种深厚而又慈悲的情感笼罩,完全冲淡了各种偶然性巧合所带来的阻隔。这也让人很自然地想到《活着》。在《活着》里,余华一共写到了十个人的死亡,且绝大多数人的死亡都是偶然的、突发性的,因为巨大而无助的悲情使读者并没有感到突兀。其中一个重要的缘由,就是作家的主体情感始终贯穿于叙事之中,并与人物的精神形成了共振关系。无论是林祥福、小美、田家兄弟,还是陈永良

---

[1] [美]利昂·塞米利安:《现代小说美学》,宋协立译,陕西人民出版社 1987 年版,第 70 页。

夫妇、顾益民、翠萍,在这些人物身上,都明确承载了作家对于道德和人性的明确而严肃的"兴味关怀"。

从外在形态上看,《文城》是碎片化的,共有111节,其中正文75节,补叙36节,每节都只有几千字的篇幅,有的甚至只有一两千字,叙述视角也没有太大的变化。但是,作者对这些碎片的择取是颇为用心的,基本上是以细节呈现为主,而且这些细节都是以表现人物内心的情感和生活氛围为主。由这些细节构成的小节,其组接也是异常灵活,经常是顺叙、倒叙、插叙和补叙自由转换。譬如在小说开头部分,作者就不断使用倒叙,以倒叙来演绎林祥福的身世,同时还有陈永良对自己生活的插叙。细究这些叙述方式的转换,并没有任何清晰的时间标识,作者只是以读者的阅读惯性和情感期待作为内在依据,这也是如此碎片化的文本依然有着流畅叙述的内在原因。同时,《文城》还采用了补叙方式,将小美这条线索进行单独叙述,而不是人们通常使用的双线并叙。这一方面可能是因为小美的故事太短,没有足够的情节长度进行双线处理,如果充实小美的这条线索,则会影响整部小说的主题走向;另一方面是双线并叙的一般处理结果,就是林祥福与小美应该出现交集,形成一个完整的结构,但这也不太符合余华所想传达的挽歌式基调。

《文城》最让人迷恋的还是叙述本身。这种叙述,仿佛江南的河流,清幽平缓,明亮开阔,沿途都是绿油油的菜地稻田,有时也不乏花团簇簇。它让我们再一次看到了优秀作家处理叙事的能力,也就是说,我们可以不用去关注小说的内涵,阅读本身就是一种巨大的享受。一个个比喻看似未经任何修饰,却像刀刻一样留在我们的记忆中,诸如"像垂柳一样谦卑""小美转过身来,一条鱼似的游到他的身上""她们涂满胭脂的脸被泪水一冲,像蝴蝶一样花哨起来""女儿和林祥福犹如风和风声一样同时来到,不可分离"。大量的细节场景,也都显得意趣盎然,譬如有关木匠技术的描述,对龙卷风和大雪灾的叙述,对顾家三个少爷撑着竹竿过河的叙述,溪镇民团与土匪在城墙边的对决,土匪张一斧的凶残杀戮行为,陈永良用尖刀击杀张一斧,田大和他的兄弟来到溪镇欲接东家的场景,以及小美将女儿的胎发和眉毛缝制在胸口的内衣里,都给人以强烈的情感冲击。这些细节,无论是温情还是暴烈,很多时候都极具张力,让人物内在的精神状态获得了鲜活而精确的呈现,也让"诗性"和"正义"在《文城》中同时获得了全面而又谐和的彰显。

与此同时,《文城》的叙事又是节制的,在一些关键性的情节上却显得放纵而又魔幻。特别是在一些灾难性场景的叙述中,余华的笔墨近乎奢侈和奇幻,譬如有关雨雹、龙卷风、暴雪的叙述,土匪对付绑票的各种刑罚,林祥福吃人肝饭,城隍阁苍天祭拜仪式,等等,所以有学者认为,它带有浪漫主义式的传奇意味。的确,在一些重要细节的处理上,余华的想象力显得特别奔放,不断涌现类似于奇幻而夸张的场景,这使小说呈现出强烈的主观抒情倾向,也使人们能够感受到作家在叙述过程中那种痛快淋漓的畅想状态。而这,也正是小说的艺术魅力之所在——它能够让人们看到巧妙交织在一起的所有畅想的能力:"它赋予感知到的事物以丰富和复杂意义的能力;它对所见事物的宽容理解;它对想象完美方案的偏好;它有趣和令人惊奇的活动,因为自己本身而感到愉悦;它的温柔,它的情欲,它对人必将死亡这一事实的敬畏。这种想象——包括它的有趣,包括它的情欲——是对一个国家中平等和自由公民进行良好管理的必要基础,这是狄更斯的观点,也是惠特曼的。有了它,理性就将为一种看到事物的宽容观点所指引,理性就是有益的;离开了它,理性就是冰冷而无情的。"①努斯鲍姆的这段话,与其说是在阐述诗性正义的丰富内涵,还不如说是对叙事"畅想"的慷慨赞美。同时,它也从一个侧面,为我们解读《文城》提供了一条别有意味的途径。

---

① [美]玛莎·努斯鲍姆:《诗性正义:文学想象与公共生活》,丁晓东译,北京大学出版社2010年版,第69—70页。

附录

火焰的秘密心脏
——与余华的对话

一、童年是人的一生的基础

洪治纲(以下简称"洪"):为了完善《余华评传》中的一些具体资料,最近,我到海盐和嘉兴去做了一些采访。听你的父母和一些早年的朋友说,你在读中学时就已经喜欢写作了,而且还写得不错,常常得到老师的表扬。你能否谈谈当时的一些具体情况?

余华(以下简称"余"):其实,在小学的时候,我就觉得我的作文写得不错,但是呢,那时候的语文老师,不知道是出于什么原因,就是不喜欢我的作文。一个学期写四五篇作文,每次都给我一个"良",从来不给我"优"。可是呢,老师在课堂上要举例子,说谁的文章哪段写得好的时候,他举的总是我的例子,这让我感到很奇怪。

洪:那时候,你对作文是不是很有兴趣?

余:兴趣倒也谈不上。反正我一学期写四五篇作文都是"良",所以我也没有太在意。但是,到了初中就马上不一样了。读初一的时候,我印象很深的是,当时的语文老师叫韩晖,是个女老师,也是我们的副班主任。那时候一个学期也是写四五篇作文,结果每篇都被韩老师作为范文,在课堂上读给同学们听,告诉他们写作文应该要像我这样写。应该说她是第一个对我的作文有比较公正态度的人。她也挺喜欢我。我记得她曾跟我父母说过,这个孩子怎么怎么好,弄得我比较得意。到了初二,语文老师叫陈宁安,他对我的作文也比较赞赏。进了高中以后,当时高中不就两年嘛,语文老师是何成穆。他使我一生中第一次"当官"了——让我做语文课代表。现在回想起来,好像也是我迄今为止做得比较大的"官"了。当时有部电影叫《春苗》,放映之后,北京又出了个"黄帅事件",大批"师道尊严",所以我们就成立了一个"春苗小组",由我发起的,专门出黑板报。那时候我们太无聊了,又不愿意上课,对写大字报已经没有什么太大的兴趣了,所以主要是出黑板报。我们"春苗小组",其实就是写一些所谓的批判文章,从《人民日报》《浙江日报》上抄一些文章而已。

洪:好像还编过什么报纸之类的吧?

余:对。当时不是有"学军"嘛,像高中生"学军",有时一出去就是五六天,学军期间要出《学军快报》。我印象很深的是,有次我们去澉浦"学军",当时何成穆老师还是我们的年级组组长,他很喜欢我,我的写作也小有名气,他就封我为《学军快报》负责人,然后让我招一个助手,我就招了当时我最好的一个朋友,叫姬汉民,然后又招了一个会用蜡板刻字的,叫朱学范,我们三个人占着一个小房间。每天,主要是我和姬汉民两个人写稿,当然我们也让其他一些同学帮着写稿,然后我们修改一下,在《学军快报》上发表。朱学范负责刻字,用油印机印刷。每天一张。因为自己的文章太多,我当时还用了一个笔名,叫毕献文,这也是我到现在为止唯一一次用过的笔名。

洪:有一个奇怪的现象是,很多作家对自己的童年生活都有着一种不自觉的依恋。像马尔克斯、福克纳、卡夫卡、胡安·鲁尔福等等,可以说,童年记忆对他们的创作都产生了极深的影响。这种影响,无论是自觉还是不自觉,都会在他们的作品中表现出来。即使是他们后来并不在故乡而是在其他地方生活和写作,这种童年记忆好像也始终没有被抛弃。尤其是他们幼年生活经历过的那种地域文化风情,那种民间的语言和形象,都可以在他们的作品中找到影子,好像这是无法改变的。从你的作品中,我也能感觉到那种柔软而又潮湿的江南小城的味道。我不知道,这种东西对于一个作家来说,是一种自觉的选择,还是一种非自觉的选择?

余:这个,两者都有,自觉和不自觉的。我觉得,童年生活对一个人来说是一个根本性的选择,没有第二或第三种选择的可能。因为一个人的童年给你带来了一种什么样的东西,是一个人和这个世界的一生的关系的基础。我们从母亲的子宫里出来以后,面对这个世界,慢慢地看到了天空,看到了房子,看到了树,看到了各种各样我们的同类,然后别人会告诉我们这是天空,这是房子……这就是最早来到一个人的内心并构成那个世界的图画。今后你可能会对这个世界有不同的认识,但是你的基础是不会改变的;你对人和社会可能会有更进一步的理解,但你对人的最起码的看法是不会改变的。所以,我认为这是一种最根本的连接,谁也没法改变。当一个作家的童年和少年时期在一个地方成长,假如说他不是总在变动,譬如西方的某些外交官的子女,中国"文革"期间的很多军人子女,会不断地变换地域,但这毕竟是少数,——对大多数像我这样的作家来说,起码跟福克纳有些近似。我还比福克纳更进了一步,因为我三十岁以后到北京定居,像福克纳一辈子都在密西西比。因为喜欢福克纳,我还曾特地到密西西比住了三天。那地方真是很小。以前我一直感到费解,福克纳作为一个作家是伟大的,但作为一个人,在我的印象中,他一直是个爱吹牛皮的,他怎么会那么谦虚呢,说自己的故乡像邮票一样大小?结果我去了之后,发现那地方其实比邮票还小!他还是在吹牛。

洪:你的意思是说,一个作家很重要的基础,就是人与世界关系形成的最初阶段,而这,往往是在他的童年和少年时代?

余:我们对世界最初的认识都是来自童年,而我们今后对世界的感受、对世界的想象力,无非是像电脑中的软件升级一样,其基础是不会变的。我们不断地去升级,但每一次升级都会受到它的基础的限制,不会脱离那个基础。你一旦脱离基础,那就不是升级了,可能产生出另外的产品了,那就跟原来的电脑和软件都无关了。作家和童年的关系,其实就是这样。

洪:对于这种童年生活中的东西,我们小的时候,并不是带着有意识的理解去体会其中的文化特质。我们也不知道自己将来会不会成为一个作家,并且我们小的时候,一般的生存空间都是很小的,很贫乏的,相对来说,也没有多少很奇特的东西。但是,一旦到了成熟的时候,开始写作的时候,它们为什么就有一种很强的控制力量,让你常常不自觉地进入当初的那种情景当中?无论是人物的命运啊,故事情节啊,总会很自然地进入这个情境里,这里面是否存在着一种艺术家内在的生命向力,使你很自然地陷入其中,无法突破那种童年记忆的制约?

余:不仅仅是艺术家,我认为每个人都会这样。假如要从事写作的话,他肯定要写到人物,写到街道,写到河流,写到房屋的结构,写到睡在床上的感觉,写到他游泳的感觉。这个时候,他肯定要到他的生活中、他的记忆中、他的感受中去寻找一种把握,使他能够在写这些东西时有胆量写下来,否则他就不敢写。所以写作,我觉得它与其他行业有所不同的是,可能他写的命运,他写的故事,是他自己没有经历的,但是组成这些故事的命运,组成整个故事情节的发展的那些细部,都应该是他知道的,否则他就不会写出特别的感受,否则就是瞎编。

洪:你强调的是不是一种记忆?一个作家为什么自觉不自觉地去留恋他童年时代的生存环境,实际上是一个作家在写作过程中,会很自然很习惯地运用他以前的那种记忆,是不是?

余:记忆太重要了。

洪:比如说你现在在北京生活已经十年了,但是到现在为止,我还没有读到过你正儿八经的写北京文化的小说,类似于王朔那种典型的带着北京文化语境的作品。应该说,从经验的层面上来说,你也有了。十来年下来,北京人的说话方式、生活方式,以及那种市民的生活气息,你应该也比较熟悉了。但是,同样是一种生活经验,经验与记忆之间,相对来说,你觉得是记忆重要,还是经验重要?或者说,哪个更重要?

余:这两者之间的关系,有时很难区分。

洪:我们就从地域文化这个角度上来说吧,因为经验是可以不断地获得的。

余:经验虽然可以不断获得,可是经验也有一个基础。就是说,二十年前的东西可以成为记忆,但现在的东西同样可以成为记忆。但是,二十年前的记忆,它们能成为一种基础,而现在的记忆可能只是作为一种延伸而已。我也一样。我童年的经验对我来说是一种基础,我昨天的经验只是一种延伸。我觉得,它们之间的关系,永远是一种唇齿相依的关系。因为过去的经验或者说过去的记忆,假如没有今天的经验或记忆,或者确切地说,没有以后的经验或记忆去重新把它们寻找出来,那么过去的经验或记忆只是在沉睡,是永远没有意义的。我通过后来的经验和记忆,把它们重新找回来了,显然就有了新的意义,但是它们的这个基础是不会变的。

洪:就是说,童年的记忆只是一个基础,它并不是原封不动的。

余:无论是童年记忆也好,或者说经验也好,都是敞开的。它们永远是有待于去完成的,而不是封闭的。可以说,从我二十岁一直到四十岁,这二十年的经验或记忆,都是在完成我童年的、最初的对世界的印象,我是在不断地丰富它和补充它,我并不是要改变它,我也不可能改变它。

洪:你觉得你是有意识地去这样做,还是本身就无法超越?

余:我觉得所有人都没有办法超越。无论是政治家、科学家、艺术家,还是作家,都是无法超越的,甚至是一个普通的人,他都无法超越。事实上,我感觉到,一个人的童年基本上是抓住了一个人的一生。他的一生都跟着他的童年走。他后来的所有一切都只是为了补充童年,或者说是补充他的生命。因为他的生命诞生以后,不可能再有第二次诞生,除非克隆,现在的技术不一样了。

洪:我想,当你自觉或不自觉地表现你童年中有关海盐的南方记忆时,你觉得那里面是否有一种自然的灵感?

余:那肯定有。我感觉最美的不是现在的海盐,而是留在我童年记忆中的海盐。我的年龄越大,我越觉得它美。但是,那是已经消失了的海盐,现在都已经看不到了。

洪:这种美,如果从你的内心来体验,你觉得它应该有哪些不同于其他地方的特质?

余:有一种陌生感。跟其他的地方相比,我觉得比较困难。比如说跟北京比、跟巴黎比、跟纽约比,这种比较是很困难的,因为它们本身就是不一样的。但是,我感到有一种陌生感,这种陌生感是我后来发现的。1996年的时候,中央电视台的《东方之子》做过我的一个专题,那时候,刚好是全国作代会召开,他们要找六个作家,每人搞两集。他们做得很认真,专门有一个摄影师,到海盐去拍了一些外景,我没有去,他自己一个人扛着机器去的,从北京飞到海盐去拍。他拍了我们海盐唯一一条还没有拆的老街,叫南塘街。但是这个系列专题播放的时候,作代会开到一半,播了前面三个作家,播到第三个陈村时,作代会的很多老作家就提出抗议:他们为什么不拍老作家?结果《东方之子》就停播了后面三个专题。以后他们播的时候,我又没有看到这个片子。后来,中央电视台又做了一个特别节目,他们从二十多个行业中挑了二十多个人来谈"我的梦想"。这次我就很认真地看了。编导告诉我,这个专题中用了以前节目里南塘街的镜头。南塘街是我非常熟悉的一条街,我有很多同学就住在那里,我经常去玩,结果我这次从电视里看到的南塘街,跟我记忆中的已经完全不一样了。所以,我发现我的记忆已经不可靠了。事实上,包括我离开海盐之前,我青年时代的南塘街,童年到南塘街的记忆,经过这十年、二十年,不断地被修改了。所以,童年不是一成不变的,童年的记忆是不断发展变化的。看了电视里的南塘街,我当时就跟我太太说,怎么不是我的南塘街啊?完全不一样啊。后来我相信电视是对的,因为它是用摄像机,从头到尾拍过去,又从各种角度拍过来,放了大概有一分钟的时间,就是为了播我过去的生活环境。所以,我认为,人在成年以后,新的经验其实是在不断修改他的童年记忆。

洪:很多作家在表现这种童年记忆或者地域文化时,比如福克纳、马尔克斯,他们会使用一些具有很强地方特色的故事,或者方言俚语,或者典故传说,等等,但是在你的作品里,这类东西好像并不多。至少,方言我是比较敏感的,但我看到的方言俚语也很少。在处理童年经验,或者说处理地域文化时,尤其是在选择语言表达时,你是不是觉得对童年记忆的处理必须有所保留?

余:应该说,我的家乡海盐是属于语言霸权之外的,甚至杭州话都要比海盐话牛,比海盐话让人更加自豪。当然北京话更牛,因为它是中国的官方语言的基础。我在美国曾访问过福克纳研究专家,他们就说福克纳写的很多书,美国的北方人根本看不懂,福克纳用方言是用得很厉害的。但我不敢用,我怕看不懂。但是,这方面我觉得还涉及英语本身的结构跟汉语的结构不一样。如果我要用我们海盐的方言写作,它会出现一个什么毛病呢?它可能连杭州人都看不懂!那个福克纳是密西西比人,福克纳写的方言,田纳西人还能看得懂。我们浙江的方言太复杂,温州人说话,我们嘉兴人肯定听不懂。

洪:这说明,我们的地域文化交流圈太小了。

余:在我们海盐,我从武源镇出去走三四公里,有的地方话就不一样了,甚至连"吃饭"之类的词都不一样了。所以,我们的语言有点像美国印第安人的语言。现在的印第安人有二十多个部落,每个部落的语言都不一样。

洪:他们本身就不能形成一种统一的文化。

余:他们首先在语言上不能统一的话,他们也就无法强大。所以,为什么语言分得越细的国家,往往越容易被人欺负?因为他们本身的那种生活习惯,从根本上就造成了不统一。

洪:我觉得,在你的小说里,南方的文化气息非常浓厚。特别是你写的那些小人物,非常契合那种生活环境。像反复出现的潮湿啊,雨水啊,河流啊……整个就是一种水乡的环境。如果没有这种水乡,我觉得你的小说会损失很多美学上的成分。你自己有没有意识到,这种地域文化对你的小说内容和主题都做了很重要的补充?

余:肯定是这样的。对我来说,我的作品里所有的场景,我认为都是发生在我的地域里面,我无法想象它们会到另外一个地方去。哪怕是发生在另外地方的故事,我知道了以后,也会搬到我自己的故乡去,就像住在家里一样。这种情形,就像你到街上买了一样东西以后,你不可能把它放在车站里,而不拿回家,这是一种不可抗拒的心理反应。除此之外,不可能有第二个选择。其实,很多作家都是这样,比如说鲁迅,他写的就是绍兴,绍兴的味道多重啊。

洪:这种来自童年记忆的地域文化是脱离不了的。

余:脱离不了,没法脱离。像鲁迅,哪怕他写酒楼的那种感觉,就是绍兴的酒楼,绝对不是杭州的酒楼。

洪:这是一种很奇怪的现象,为什么一个作家的童年记忆对他的影响这么大? 可能和你讲的那样,这种童年记忆,是他们最初建立起来的人与世界的一种关系、一个基础吧。

余:最起码的是,我们穿衣服的方法是童年学会的,我们吃饭的方法、我们说话的方法,这都是童年形成的。它们一起构成了我们生活的基础。当然,有意识地关注自己的童年记忆,这种情况肯定也是存在的。就是说,在你的意识当中,你肯定是主动的,就像买了东西要主动地拿回家一样,这是一种自然的反应,甚至是不可抗拒的。

二、阅读对我的写作有着重要的影响

洪:除了自身的经历之外,我觉得,像你,或者说像你们这一代作家,都受过很多外国作家的影响。特别是1995年之后,你几乎放弃了小说写作,专门写了很多谈外国作家作品、谈音乐的随笔,我不知道,当时你是不是有意识地进行这方面的知识储备?

余:《许三观卖血记》写完之后,我又开始写一个长篇。但怎么写都不顺,后来就搁下来了。那时候是1996年吧,刚好汪晖去《读书》当主编,他约我为《读书》写点读书方面的文章,所以呢,我就给他写了一篇《布尔加科夫与〈大师和玛格丽特〉》。当时汪晖特别喜欢,将这篇文章发了头条。后来这期杂志出来了,得到了一片赞扬声。结果我又陆陆续续给他写随笔了。我发现人在任何时间都需要鼓励,鼓励太重要了。那时候我还没有完全想写随笔,但是这么一鼓励,我就高兴地去写随笔了。

洪:后来几年都专写随笔。

余:对。这些随笔后来结成了两本集子,《内心之死》和《高潮》。

洪:这是不是说,阅读在你的创作中占有很重要的成分?你的很多叙事的经验,很多对人性的看法,都是来源于阅读?我发现,你所读到的很多作品,特别是在你的随笔里所谈到的一些作家作品,常常游离于公众比较关注的作家作品之外,不知道你是如何去发现这些作家作品的?

余:苏童对我的评价是我记忆力好。其实我的记忆力并不好。他说,我写的文章里面有很多东西他都读过,可他当初感觉很好,后来就忘了。我说我要是不写随笔,我也想不起来了,包括像博尔赫斯的那个比喻,可以说是我读到现在为止所有文学作品里面我最喜爱的一个比喻,写达米安死的时候,写他在荒原上消失的时候,"仿佛水消失在水中",还有什么比这个更干净的消失呢?博尔赫斯的作品我非常喜欢,他的语言非常简洁,所以我特意写了一篇随笔叫《博尔赫斯的现实》。

洪:从这篇随笔中,我发现你对博尔赫斯的作品好像读得很透。

余:他的东西,能看到的我基本上都读过。我看到有一篇文章,是编他的英语诗歌的乔瓦尼写的,其中说博尔赫斯喜欢不断地修改自己过去的旧诗作,他的所有修改都是不断地去除语言中那种巴洛克的装饰性,表现他对平常词汇的一种关心,这是非常重要的。像博尔赫斯有这样一种本领,我是非常羡慕的。

洪:博尔赫斯一般人都知道,但是,像布尔加科夫,你是怎么发现的呢?

余:布尔加科夫是格非向我推荐的,当时我也跟你一样,从来不知道有这么一个作家,格非告诉我,人民文学出版社出过他的一部小说。后来我从人民文学出版社一个编辑刘海虹那里找到了他的《大师和玛格丽特》,读完以后,我感触太深了,第一次发现社会主义的国家里出现了一位真正的大师,帕斯捷尔纳克还不能算大师,布尔加科夫才是真正的大师级人物。

洪:后来作家出版社一共出了5部他的作品,而且就是你的那篇谈《大师和玛格丽特》的随笔在《读书》发表之后,在这之前,很多人都不太知道布尔加科夫。

余:这个作家确实不得了。

洪:读你的随笔,我发现你对很多作品的阐释,跟一般人的体会完全不一样。你往往能够从一些不经意的地方,发现一些我们通常阅读上难以发现的奇妙内涵,包括一些独到的体会和感受,这是不是跟你作为一个专业作家的阅读方式有很大关系?

余:因为故事人人都会编,都可以编出一个离奇的故事。但是,同样一个吸引人的故事,换一个人去写就不一定吸引人,问题在哪儿呢?问题就在于那些不经意的地方,他没有捕捉到,他不是一个好作家。在我们认为不经意的地方,他往往能够显示出他的伟大来。比如尤瑟纳尔有一部小说,他写人头被砍下来以后,头掉在地上了,结果那个人头又安到脖子上来了,这是一个多么奇妙的小说!尤瑟纳尔作为一个好作家,他与差作家的区别,就像鲁迅写孔乙己来的时候,他要是腿不断,就不用写他走来,他腿断了,鲁迅就必须写,那么怎么写,他就用这种方式写——原来是用那双手走来的。那么,尤瑟纳尔也一样,他写那个人的头被砍下,流了血之后,又安上去,重新回来之后的时候,在脖子上围了一块红围巾,这象征着鲜血,这一笔,这个增加上去的道具,表达了文学中的他异性。这是非常了不起的。包括我看基耶斯洛夫斯基拍的电影《十诫》中的《杀诫》,也是这样。那里边有一个小伙子,十六七岁,想杀人,他就是想杀人,但他不知道该杀谁,最后他杀了个出租车司机。可是你是知道他怎么上出租车的?在波兰华沙的大街上,有那么多的出租车,他怎么就挑中这一辆呢?我们都知道,在通常情况下,我们上了出租车,马上面临一个逻辑性的问题,出租车司机会问你去哪儿,你怎么回答?我要是逛街,我会说你给我开车兜一圈;我要是想去一个地方,我就告诉他去哪一条路。可是我要杀人,我怎么回答?这个大导演是怎么安排的?他让那个小伙子上车之前,碰到两个外地人来问他一个地名,他说不知道,其实他知道。然后他把他们推开,坐进车里,当那个大胖子司机问他去哪儿,他脱口而出刚才那两个人问他的地名!这种转折,就是在这种地方,你看起来好像不是关键的地方,其实十分关键!

洪:这种地方看起来不经意,其实决定了整部小说的情节转向。就是说,它包含了一种逻辑转折问题。

余:对。就像我在《山鲁佐德的故事》里说的一样,这种不起眼的地方,其实决定了今后的高潮是否扎实有力。所以,我在那篇随笔的最后引用了贺拉斯的一句诗,就是说,对于一部文学作品来说,高潮部分很可能就是阿拉伯堆满珠宝的皇宫,而那个小小的、不经意的东西,就是丽西尼的一根头发。但是,对那些真正识货的人来说,那些珠宝肯定抵不上丽西尼的一根头发。它们就是这样一种关系。

洪:这就是说,你在阅读的时候,往往注重的是那些不经意、不起眼的地方,你是从哪些不经意的地方来判断大师的艺术水准?

余:为什么呢?这好比我们建造了一个故事大厦,那个故事大厦是怎么建造的?应该是用砖砌起来的。你用的是什么砖?你用什么方法去砌?有很多人砌得歪歪斜斜的。可以说,百分之九十九点九九九……无数小数点的作家,都是这样的,而只有百分之零点零零零……很多小数点之后的一,才是不一样的。所以你读那些伟大的作品,经常在那些小地方,哎哟,被它深深地震撼了,就是有这种感觉。那才是大师。

洪:实际上,你在看人和人的命运的时候,在处理人的生命状态的时候,或者说在确立叙事哲学的时候,其中很大的一个成分就是来自这种精细的阅读,对吧?

余:有阅读。有一次,我跟苏童两个人在台北,《中国时报》编辑杨哲拉我们到一个很大的礁石上的茶座里聊天,深更半夜了,我们又都没有睡好,困得不得了,然后我们就谈自己喜爱的作品。我发现我跟苏童所喜爱的作品在许多地方不一样,然后就找,后来苏童就说了一句:余华喜爱的是很强烈的东西。我发现苏童说的是对的,我确实喜欢比较强烈的东西,而苏童是喜欢比较平静的,喜欢那种比较宁静的作品。我喜欢的作家,像卡夫卡、陀思妥耶夫斯基,包括福克纳,都是很强烈的作家,而苏童非常喜爱雷蒙德·卡佛,说实话我对这个作家一点都不喜欢。

洪:你有一本随笔集是专门谈音乐的,而且谈得非常准确,有很多自己的独特体验。并且,你也公开地说,音乐影响了你的写作。这种影响,主要表现在哪些方面?

余:我觉得音乐在叙述上能给人许多的帮助。写《许三观卖血记》的时候,我就亲身经历了这种感受。我是1993年热爱音乐的,真正地迷恋上了古典音乐。但是我相信,我的全面的文学底子给我打下了良好的基础。因为艺术是相通的,所以我欣赏音乐的时候,我可以非常快地进入,而且没有丝毫的障碍。那个时候,对我产生很大的影响的,是巴赫的音乐。

洪:这在《许三观卖血记》中体现得比较明显,尤其是整个叙述节奏的不断往返和重复、起伏和回落,都非常单纯。

余:我非常喜欢这样。巴赫是一个非常怪的作曲家,他是那个时代最世俗的一个作曲家,可是到了后人眼里他是最神圣的。巴赫就是这样的。我尤其喜欢他的两部作品:一部是《平均律》,是一首钢琴独奏曲,音乐上的术语叫钢琴奏鸣曲;另一首就是他的《马太受难曲》,《马太受难曲》是一部大作品。两部作品的风格都是一样的,极其单纯,也极其有力。《马太受难曲》我听的那个版本有将近三个小时,大概里面的旋律也只有一首歌多一点,不到两首歌,翻来覆去,独唱、对唱、合唱、男声的合唱、女声的合唱、男女声的合唱,通过这种交换,你会发现充满了力量。这时你就会感觉到,单纯是非常有力的,它能够用最快的速度进入人的内心。所以我为什么非常喜欢鲁迅?我就喜欢鲁迅作品中的速度,他的速度不仅存在于叙述中,叙述非常快,迅速,同时也存在于阅读中,你能够一下子就进入了,感到就像是一把匕首插进来,没有任何多余的东西,什么磨磨刀啊,晃一晃啊,吓唬吓唬啊,说一些废话,没那么多,直接就进来了。

洪:这就是说,在音乐里面,你其实感受更多的是跟叙述相关的那些节奏、速度之类。

余:不仅仅是这些。我为什么喜爱音乐?因为我认为音乐也是一种叙述性的作品。它和文学作品一样,是流动的。但是,我为什么更愿意到音乐里去体会一些叙述的美妙呢?因为你要是去读一部《战争与和平》,去了解它的叙述,一个月都下不来,脑子里会很乱很复杂,但是你要是听一部最伟大的音乐作品,几个小时就听完了,而且你是在享受中听完的,很轻松地,你就了解了它的叙述力量是怎么产生的。

洪:实际上你后期的作品,很多叙述都比较轻逸、迅捷、单纯,这可能是跟音乐本身有关吧。音乐作品,我想最复杂的一部音乐作品,包括交响乐,从叙述的角度来说,都应该是属于比较单纯的。

余:因为它需要一种更直接的听觉、声音来表达,它们的关系不像是阅读,借助目光,通过大脑,这种关系要稍微复杂一些。

洪:包括音乐,包括很多重要作家的作品,你现在都在认真地欣赏和体会,并且还在这些方面写了大量的随笔。从这些随笔中可以看出,你一直在很认真地进行一些新的文化积累。像这些积累,会不会对你将来的创作产生比较大的影响?

余:我觉得会产生非常好的影响。因为我重读了过去很多重要作品的篇章,甚至可以说是原著重读,包括像《城堡》,我就是重读的,而且我的阅读感受有不少的变化,过去我迷恋的东西,有些我依然迷恋,有些我现在有些反思了。像这样的话,我相信我现在正在写的那部长篇小说,它可能更加要花力气,但是我相信写出来以后,会显得更没有力气感。它就是属于这样一种作品。

洪:就是说,作为作家,在叙述中的痕迹更少一点,而在实际叙述的过程中你却更艰难一些、更累一些。

余:更艰难一点,就跟《许三观卖血记》一样,别人说,你这部作品写得很轻松啊,我说不轻松,因为我要把这种风格保持下去,这不是件容易的事情。

三、写作的最大难度在于朴素和诚实

洪:从最早的《第一宿舍》《星星》,到后来的《十八岁出门远行》《现实一种》,再到后来的《活着》《许三观卖血记》,应该说,你的创作经历了几个不同时期的变化和超越。你如何看待自己这几个不同时期的作品?

余:不同的时期,一个作家可能会写出不同的作品。我很喜欢我自己80年代的那些作品。最近,上海文艺出版社出版了我的作品系列,我又回过头来翻翻过去的那些东西,我还是非常喜欢。但是,写作是应该一直往前走的。我在80年代写的那些作品,其中一个优点就是,它们让我完全掌握了我所需要的一种叙述,就是我写什么都行。

洪:这是不是卡夫卡给你带来的启示?

余:对。卡夫卡给我带来的那种感觉,好像是"小偷"变成了"大盗"。以前,我觉得自己还仅仅是个"小偷",所有的技术只能满足于"小偷小摸",充其量也就是能做到不留痕迹。但是,读了卡夫卡之后,才明白人家才是一个无所畏惧的"汪洋大盗",什么都能写,没有任何拘束。所以,从那以后,我找到了那种无所羁绊的叙事和天马行空的想象,找到了那种"大盗"的精彩感觉。

洪:这一点你曾多次强调,你甚至说是"拯救"了你。你觉得这种"拯救"主要体现在哪些方面?

余:我是在1985年接触卡夫卡小说的。在此之前是日本的川端康成,我觉得他给我的最大帮助是教会了我如何叙述,就是在面对细部时,如何来表达一种微妙的东西。表达一种大起大落的情感是容易的,可是你要表达一种微妙的东西——微妙的情感往往更丰富——表达起来比较困难。所以我觉得川端康成教会了我,起码是作为一个榜样,让我知道怎么写。而卡夫卡对我的影响已经不是仅仅局限在文学上,是整个世界观的改变。从根本上说,他给我带来了自由,写作的自由。在我的心里,他是一个大作家。大作家可以"乱写",他爱怎么写就怎么写。

洪:这种写作的自由,其实就是突破了现实秩序的羁绊,使你可以不受我们日常生活经验和常识的规定,不受逻辑规则的限制,让叙事真正地回到作家主体的内心之中。

余:对。我突然感觉到,自己愿意怎么写就怎么写,我不用去考虑刊物怎么想,读者怎么想,只要它能够调动我个人的激情,我认为就是最好的方法。所以,读了卡夫卡之后,从《十八岁出门远行》到《祖先》等一大批作品,都是一种自由写作的产物。

洪:从你的写作过程看,从短篇到中篇再到长篇,好像按部就班,这是不是你自己有意识的安排?

余:这倒不是。那个时候几乎所有作家都是先写短篇,再写中篇,然后再写长篇,这样一步步来的。当我觉得短篇写得差不多的时候,就开始写中篇,觉得中篇写得差不多的时候就要写长篇了。所以《呼喊与细雨》(《在细雨中呼喊》)其实最早就是写一部长篇,就这样的一个想法。

洪:《一九八六年》这部中篇,我一开始是把它当作寓言小说来读的,因为它有一种很强的"文革"背景。这种寓言性,至少表现在两个方面:一个是,《一九八六年》这个题目就有着非常明显的隐喻意味。"文化大革命"是1966年发动的,1976年结束的,1986年是"文革"结束十年。十年之后,有这么一个教历史的老师,还在用种种历史的酷刑进行自戕,比如说,他在自我实施劓刑的时候,用钢锯条锯自己的鼻子时,就像吹着悠扬的口琴,那种状态让我很受震动。有很多写"文革"的小说,都喜欢站在知识分子的立场上进行正面表达,写知识分子如何受难啊,"我"当时是怎么受冤屈的啊,这种写作思维很长一段时间都没什么变化。但是在《一九八六年》里,我觉得以前写"文革"经历的那种思维方式完全被抛弃了。你把对人性的伤害推到了一种极致。"文革"结束十年之后,这个人还在这里用种种酷刑来自戕,虽然他是精神病,但是他得病的原因是"文革"的迫害。特别是,一大堆人围在他身边津津有味地看他残酷的表演,包括他的前妻和女儿,看到他也假装不认识,然后匆匆地走掉了。这种人与人之间的冷漠,看客与悲剧主角之间的相互遗忘,就是一个很强的寓言。再一个寓言倾向,就是那个疯子。他是学历史的,教历史的,历史上的种种事件、种种酷刑,他都非常熟悉。然后,他又通过种种他所熟悉的中国传统历史酷刑来进行自戕。虽然他的自我伤害是无意识的,但是从本质上说,他之所以做出这些残酷的举动,是历史造成的,是历史给了他这种潜意识。这两种寓言倾向,一下子就使这部中篇超越了以前的那些"文革"小说。我当时就在想,你是有意识地想要写一部超越一般"文革"小说的作品?还是你本身就体会到你记忆中的人物就是这样的?

余:这部作品是 1986 年写的。1986 年的时候,还是一个作家比较关注写作题材的时代,我也不能免俗,所以,那个时候我就一直想写"文革",但一直写不了。然后呢,那个时候作家们都很聪明,好像只有聪明的作家才能够出名——当然现在也一样,但是最后能成为大师的作家,往往是很笨拙的、很厚道的。但是,就像你所说的,那时候我是有意识要这样做,我想用一种独特的方式,别人都没有的方式来表达"文革",所以那并不是我的记忆。

洪:"文革"时期,你应该正好是处在文化启蒙的阶段。

余:我写《一九八六年》的时候,刚好二十六岁。那个时候让我最难忘的是,我们海盐也有,我去峨眉山、杭州灵隐这些地方游玩时也都能够看到,有些"文革"中被迫害成精神病的人,他们还在那儿读毛主席语录,喊"打倒刘少奇"之类的口号。我估计他们的一生可能就这样度过了,疯了啊。他们就是"文革"的时候被人摧残成精神病的,以后就只知道大声地读毛主席语录,唱那种语录歌。从1984年一直到1986年这几年间,我几乎是到任何一个景点,都能看到这样的人,这也给了我一个写作基础。所以,我就想通过这样的人来写"文革"。对他们来说,"文革"永远不会过去,或者对我们这一代人的记忆来说,"文革"也永远不会过去。我们可以忘了它,但是它不会过去。《一九八六年》是我写的第一部中篇小说,以前我从来没有写过这样的中篇,不知道该怎么写。

洪:《现实一种》好像是在《一九八六年》之前吧？

余:之后,因为《一九八六年》是《收获》第6期发的。我对我那个时期的作品记得很清楚。

洪:《现实一种》发在《北京文学》。

余:对,发在1988年第1期。但是,它们为什么靠得那么近呢？是有原因的。《一九八六年》这部小说原来也是给《北京文学》的,但《北京文学》后来撤了,所以改在《收获》1987年第6期发表,其实本来应该是在《北京文学》1987年第2期发表的,然后就往后推了。就是这么个原因。

洪:大概从《一个地主的死》开始,我觉得,你后来的作品明显地更注重那种朴素的叙述方法了,特别是跟以前的作品相比,有很大的区别。前期的作品,从叙述策略上看,比较注重技术性,比如说你想表现那些人性的暴力、罪恶、丑陋,往往都是用一种强悍的语言去表述,包括设置一些紧张的情节啦,动用一种冷静的叙事话语啦,血腥气很浓,很残酷。而你后期的作品,虽然内涵中还保留了那些东西,像人性的卑微、命运的绝望感之类,但是你改用了一种体恤性很强的语言来表述,有一种很温暖的东西在里面,而且整个叙述也变得非常质朴、简单,好像是一种纯粹的讲故事方式,完全不同于前期的先锋倾向。我不太明白,是什么忽然让你发生了这么一种变化?

余:还是叙述在指引着我走。我越来越相信,写作是很有力量的,而且,随着年龄的增长,我开始慢慢发现,过去当我阅读卡夫卡的作品,阅读福克纳的作品,阅读马尔克斯的作品,阅读莎士比亚的作品,阅读蒙田的作品,我发现他们不仅是在写作上、思想上影响了我,甚至还影响我的人生态度。后来我慢慢地开始发现,我自己写下来的作品,包括像福贵和许三观这样的人,他们也在影响我的人生态度。所以,我觉得这是一件很有趣的事,包括像《活着》写完已经10多年了,我现在回忆这部作品的时候,我发现跟回忆一部我过去读过的作品一样。我读《安娜·卡列尼娜》也是这样的感受,不同的是,对《活着》我知道得更多,而对《安娜·卡列尼娜》我知道得少一点。对我来说,它们似乎都不是我写的,或者也可以说都是我写的。一个人的阅读有时也像写作一样,他的情感,他的智慧,他的各方面的生活经历都参与进去了。所以,我相信写作的力量。我的叙述变化,是写作的力量使我改变的。最早的时候,像刚才说到,卡夫卡给我带来了自由以后,我写了《十八岁出门远行》那么一批作品。那个时候,我是一个强硬的叙述者,或者说是像"暴君"一样的叙述者。我认为人物都是符号,人物都是我手里的棋子。我在下围棋的时候,哪怕我输了,但我的意愿是要我输的,我就这样下。我赢了,也是因为我的意愿要我这样下的。写《在细雨中呼喊》的时候,这种叙述方式还没有变,还是用过去的那种方式,就是用那种我比较擅长的叙述方式写。那个时候有一种感觉就是,人物有他自己的声音。事实上,就像你刚才说的,在《一个地主的死》和《夏季台风》中就已经出现了,我已经发现人物开始有他自己的声音了。但那时我还比较牛,不让他们发出声音——你们发什么声音,你们不就是我编出来的嘛!你们都是我的世界里的人物,我就是法律的制定者,我不需要你们讨论通过的!我说的就是标准,我把这个字说错了,你们谁都不能把它说对。这里有这样一种关系。

洪:那个时候,你可能还没有真正让人物命运或者情节自身去叙述,你可能也没有意识到,这种让人物自己叙述的方法其实更强悍、更有力量吧。

余:对。那个时候,我感觉到这些都是符号,我要用它们来构造我的世界。而且,那个时候,我的作品都是很理性的,就是到了《在细雨中呼喊》的时候,我就非常明显地感觉到,这个人物怎么老是有自己的声音?叙述稍微放开一下,这种声音就呼呼呼地出来了。这部小说写完以后,我还没有很明确的意识,等到我写《活着》的时候,这种感受就非常深了。刚开始写我也是用过去的方法写,但怎么写都不顺,突然有一天,我改用第一人称以后,一下就全部畅通了,它让人感觉到好像是河水自己在奔跑,哗哗地向前流淌。

洪:但是,我读《在细雨中呼喊》,觉得它带着某种自传性的色彩,不知你当初有没有意识到?

余:其实,我写的每一部作品都和我的生活有关。因为我的生活,并不仅仅是一种实实在在的经历,它还有想象,有欲望,有看到的、听到的、读到的,有各种各样的东西,这些都组成了我的生活。所以,我认为所有的作品都跟我的生活是有关的。只不过有些作品从形式上看,离我远一点,像《活着》《许三观卖血记》,而《在细雨中呼喊》看上去离我的生活更近一点,好像我是在写自己。其实,《在细雨中呼喊》里有关我自己的成分,并不比《活着》和《许三观卖血记》多多少。

洪:在《许三观卖血记》里,我觉得叙述上有一种"夸饰"的成分,还不能说是夸张,而是比现实生活要稍稍地夸大了一些,带有自嘲的特征,比如许玉兰的哭闹啊,骂街啊,等等。在常人的想象里,许玉兰生了个私生子,她自己也应该感到很没面子,但是呢,她吵起架来还是大声地嚷嚷,与正常人的生活不太一样。所以,我总觉得,这部小说的关键趣味就在这里,你常常将那些最隐秘的关键部位撕得很开,又很特别,好像有一种无奈和自嘲的意味,但又不是一种真正的反讽。后来我反复地想,这种类似于自嘲的夸饰方式,在排遣人物内心的那种耻辱、那种无奈时,恰恰是一种很有效的方式。

余:这里面还有一个人物自我调节的问题。谈作品比较困难,谈对人物的理解更容易一点。因为对我们两个人来说,这部作品已经完成了。你是一个读者,其实我也是一个读者,我一边写一边读,无非是我读得比你细一点,或者我读得比你早一点。当我们来谈这个人物时,比如谈许三观,为什么我这样写,我相信人物需要自我调节,调节他的那种情感,包括像许玉兰这样的人,对于你可能不熟,对于我来说很熟悉。我小的时候,我们家的邻居有好些女的,整天就把她们家的事情,一边坐在门槛上哭,一边向人家说。后来有个意大利的读者告诉我,说在意大利南方的那不勒斯,像许玉兰这样的人很多,所以我发现这是一个全球化的问题。

洪:这部小说一到了最关键的地方,你就特别用力,而且写得很精细,很有震撼力。比如说何小勇要死了,他老婆来求许三观,让一乐替何小勇这个真正的爹去喊魂。这个地方,对于许三观是最痛苦的了,因为这等于是要在全镇的人面前公开他的这种生存秘密了,公开他的耻辱了,而作为男人的一个最基本的尊严,在许三观那里必须要彻底撕破了。这一节你却写得非常详细,人性的许多东西,被彻底地撕开了。所以,许三观一下子陷入了那种绝望和无助的境地,他没有任何办法回绝了。虽然那里的人都不坏,但是在这种秘密被一层层地撕开后,他真的很绝望,感到做人很没面子。他本来想掩盖掩盖,结果"喊魂"那一节,使他包括通过卖血建立起来的做父亲的尊严一下子毁了。这种"叫魂"的情节,可能是你们那边的一种风俗吧?

余:对。我曾经碰到过这样的事情,那是真的喊魂。因为我是在医院里长大的,我就遇到过好几次,尤其是农村来的,他们经常半夜喊魂,哪里喊得回去!

洪:我觉得这一节写得非常妙,情节设置也非常好,而且叙述也非常用力。

余:其实,当一个作家叙述简洁的时候,这个细部就显得尤其重要,但你又不能把这个细部铺满,铺满就是啰唆了。就是说,到了关键的时候,所谓的细节,就是在一个恰当的时机,在一个恰当的位置,增加了那么一点东西,而你发现它不是多余的,这就是细节。

洪:包括许三观一路卖血到上海的那个情节,应该是小说的最高潮了。

余:本来我还认为这里不是高潮,我觉得最后的那一段才是高潮,结果写完之后,我才发现高潮在这儿!

洪:《活着》和《许三观卖血记》都显得非常自然和朴素,好像没有任何人工雕琢的痕迹,整个叙事都是贴着人物的身份,贴着人物的语气,贴着人物的生活环境。在这种叙述里面,我感受特别深的是,好像一些人类共同的东西表现得特别明显。这可能也是外国导演看中《许三观卖血记》的原因吧?

余:可能吧。你想想看,一般情况下,一个导演去看一个外国作家的小说干吗?尤其是中国的,人家拍片子是很功利的。他曾给我发了个电子邮件,说他觉得这个故事不是一个中国民族的故事,它是有世界普遍意义的,所以他拍的话,也应该这样拍。很多国外的读者,尤其是读到《活着》和《许三观卖血记》这两部作品时,他们很快就产生了共鸣。我认为,这就是人性的原因,而不是语言的原因,因为语言是不一样的。

洪:是人性当中那种共通的东西起作用了,产生了一种阅读上的情感共鸣。

余:就是你在写作的时候,如何去表达它,用一种最准确的方式,表现它那种最动人的一面。所以,在80年代末,我就一再地强调,对一个作家来说,最重要的是准确,他一定要把自己想写的东西,用一种最准确的方式表达出来。那是最能够感人、最能够吸引人的一种手段。

洪:应该说,像《活着》和《许三观卖血记》,它们的一个最大特点就是朴素。我觉得,有的时候朴素的力量往往是其他的任何力量都无法战胜的,非常强大。

余:非常强大。这又回到刚才那个问题上了。你说我为什么1986年写下了《十八岁出门远行》？《十八岁出门远行》还是比较朴素的。我记得当初我到北京，拿着这个小说给李陀看，李陀那时是《北京文学》的副主编，林斤澜是主编，他们两个人看完以后都非常喜欢。林老跟我说，哎，写得真好。李陀夸奖我，评价《十八岁出门远行》时用了一个词，说写得这么朴素，真好。那是1986年的时候，他就认为朴素很不容易了。所以，写《活着》时，我就感觉到叙述对我的要求，我才这样写的，《许三观卖血记》也是这样，作家都是跟着叙述走的。这一点，我现在坚信不疑了。所以呢，作家写创作谈之类的东西时，往往很容易，说我将要如何变变变，但是一旦继续写，他还是变不出来。很多作家都是在创作谈里谈他是如何改变的，其实他是没有变化的。

洪：对。我也认为作家的创作谈是不可信的。

余：写创作谈多轻松啊。我跟你洪治纲谈话，说我下一部作品要如何改变了，结果写出来还是什么都没有变，你又不会把我毙了。

洪：一般人都认为，你的前后期作品，从叙述方式上看，有很大的变化。但是实际上，我觉得，从思考的本质来看，从你对人的理解来看,还是一致的。

余:实际上没什么变化。

洪:不仅是没什么变化,实际上,你的后期作品比前期更残酷。为什么这么说呢?你前期的作品都是直接表现人性的恶,像《现实一种》,反正就是要想方设法让兄弟互相残杀,就是要表现一种令人惊悸的审美效果。但是呢,我读《活着》的时候不一样了。我记得我当时真的很绝望,觉得你还是很残酷,而且比以前更残酷。你让福贵的亲人一个个地死掉,让他最后一个能相濡以沫的外甥也死掉。在《许三观卖血记》里,许三观一次次地卖血,特别是一乐还不是他自己的儿子,他还一次次地为一乐卖血,那种对男人自尊心的摧残,那种人物心里的绝望、无助和无奈,都让我觉得里面还是渗透了残酷。不同的地方,就是在后期作品里,你把那些人物外在的恶,或者说人物言行上的恶剔掉了,而且剔得干干净净,但是叙述时,你还是把人物往绝望的地方推,往残酷的地方推。像这样一种表达,是不是意味着你对人性本身或者说对人本身有一种绝望?还是你很喜欢一种悲剧意识,喜欢那种充满悲剧效果的审美方式?

余:像《活着》和《许三观卖血记》,我认为我是无意识的。因为我刚开始写它们的时候,我都不知道他们后来的命运会怎么样。就这样写下去再说吧,就是属于这种心态,因为我毕竟是有了 10 多年写作经验的人,我知道只要自己的感觉好,就可以往下写,语言的选择、人物命运的选择,都是这样的。

洪:就是说,你在叙述当中,不自觉地感到人物的命运会往某种绝望的境域跑?

余:应该是这样。是福贵和许三观自己的选择,而不是我的选择,如果要问他们的命运究竟怎么样,我还真不知道。

洪:我始终觉得,在你的整个作品里,有两种主体意识很突出,一个是伤痛感,一个是绝望感,它们都非常强烈。从《十八岁出门远行》开始,包括《死亡叙述》《一九八六年》《此文献给少女杨柳》《古典爱情》等等,都充满了一种绝望的情绪,充满了一种无奈和伤痛的感受,一种很无助、很无望的感受。这是不是表明它们其实就是你对人生的一种认识,或者说是一种基本的世界观?

余:可能是吧。我感到这种绝望至今都还伴随着我,并没有因为我几年没有写小说了,然后它就慢慢地消失了。

我发现它还是和我在一起。你看看我写的随笔就知道了。我仔细想想,我的随笔里面写的那些作家个个也都很绝望,不绝望的作家我几乎是没有认同感。所以,我在《内心之死》的序言里,就写了这种阅读对我写作的影响。对我来说,阅读和写作是一样重要的,也是具有同样的审美偏好的。

洪:我记得卡尔维诺在《未来千年文学备忘录》里说得非常好,作为一个作家,他说出的东西有很强的操作性。他在这本书里首先就提出两个观点,"轻逸"和"迅捷",还有一个"确切"。在你的《许三观卖血记》里面,这些叙事法则都表现得特别明显。从整个故事结构来看,它是非常简单的。在这样非常简单的故事里面,却通过那种节奏的不断重复,一次次地显得不一样。我印象很深的是,许三观卖血的时候,有一次他喝了四大碗水,还要把肚子晃一晃,说要把肚子里的水晃均匀。像这样的叙述,很迅捷,同时又很确切。这种确切的叙述,我想在生活当中不大可能会有,但又恰恰是小说里非常具有灵性气质的、最重要的东西,它可以让叙事一下子飞翔出来。类似于这种轻逸而又迅捷的叙述,是人物行动时自然而然地产生出来的,还是你在这个地方反复想出来的?

余:没有反复想过,这都是写作过程中自然发现的,像这种细部是不会进入我的构思的。所以,衡量一个作家是否有创造力,是否有想象力,我觉得也是在这种地方。我一直认为想象力必须要与洞察力挂钩,否则想象力就是胡思乱想。就像那个很有名的例子,有个青年作家去看望乔伊斯,给他看自己写的一部小说,乔伊斯看后特别欣赏里面的一个细节,说这个细节很好。这个细节就是写一个女的跟一个神父相爱,可是很久没见了,终于重新见面的时候,那个女的就拿起神父的十字架,非常热烈地吻了一下。不是吻他的嘴,而是吻他的十字架,这一笔不得了。结果那个青年作家跟乔伊斯说,我们家的用人说就这个地方没写好,她说应该再加一笔,让那个女的用手把十字架上的灰抹干净再吻。乔伊斯说,那你跟她去学写小说,别跟我,她比我高明。所以,所谓的想象力,并不是说我写一个荒诞故事就是想象力,想象力就是我的生活中确实没有经历过,我是在虚构这个人物,而这个人物又是那么准确,就像卡尔维诺说的确切,其实翻译成汉语都是一样的,准确或者确切。

洪:像这种准确的叙述,在你的小说里面非常多。我印象很深的是,比如《死亡叙述》里,那个司机被一锄一锄地打死后,他的血流在地面上,"像百年老树隆出地面的树根";再比如像《此文献给少女杨柳》里,两个老太婆谈话的声音,像两片鱼干在风里吹打。类似于这样的叙述,实际上就是想象跟经验的结合。再回到"轻逸"上来说,我始终觉得你后期的作品,从叙述上说,无论是语言,还是结构,抑或是故事设置的密度,都非常"松",或者说"轻"。相对来说,你是用一种"轻逸"的方式来表现一种沉重。这种"轻逸"的方式,是不是特别有效?

余:我觉得这种"轻逸"在本质上就是朴素,它是一个叙述上的问题。

洪:叙述本身也是一种个性化很强的东西。"轻逸"在更多的时候应该体现为一种灵性,一种作家在叙述过程中的创造性发现。像现在的很多年轻作家,好像没有多少个性,叙述都是一个腔调,让人很难体会到人物自身的力量,叙述的力量。没有找到人物自身的叙述语言,没有从这种语言中捕捉到那种"轻逸"的灵性气息,这种写作的意义很值得怀疑。

余:所以,随着年龄大起来,阅读的书多起来,我就感觉到,为什么要绕那么多圈子？我用一种很直接的、很准确的叙述方式写,反而更有力量。我的阅读也是这样,我越来越爱读那些非常简洁的作品,那种绕来绕去的作品,我就不太喜欢读。几乎所有的大作家,我发现,无一例外,刚开始都是先锋,慢慢地都变得朴素,都是走着这样一条道路。我指的是20世纪的那些作家,他们经历了一种复杂以后,又变得简单了。

洪:在这种由复杂到简单的过程中,你最深的感受是什么?

余:我写了那么多年以后才真正知道一个道理,就是你用一种最诚实的方式去写小说是最困难的。但是,也就是这种最诚实的写作,才造就了我们这个世界上那些伟大的作家,他们几乎都写下了优秀的小说。

洪:如何理解这种"诚实"？

余:诚实就是"写小说不要绕"。有些作家最大的问题就是绕。为什么他们的作品没有力量？当一个人,或者五六个人甚至是五六十个人在一个广场上发生一场战斗的时候,有些作家就是一句话:完了,散了。然后写一些他们打完的情形。他们没有力量去写整个打斗的场面。你看看陀思妥耶夫斯基,就从来不是这样,他总是像推土机一样,缓缓地、一步步地向前推进,而且文学的力量往往就是在这种正面推进中哗哗地展示出来。你看他写那个拉斯科尔尼科夫,一般的作家要么是绕开,要么是扯开,很少有能力像他那样正面强攻。莫言的作品为什么有力量?他就是迎面而上。我觉得莫言是一个基本上不怎么绕的作家。苏童也不绕,该写的地方他都去写。

洪:你说的这种"绕"和"不绕",是不是指作家对小说的敏感部位要有清醒的意识,并且能够非常及时地抓住它们,将它们鲜活地表现出来?

余:可以这么说吧。每部作品都有很多敏感的部位,它们决定了整部小说的内在力量。有些作家没有意识到,所以就扯开了;有些作家没有信心来写,所以就绕开了,或者轻描淡写一下了事。但是,好作家绝不是这样,他会一步步地推过去,用最诚实的叙述将它们全面地展示出来。作家写小说,说到底就是拼性格,拼力量。你行或者不行,其实就是看你在那些广泛的敏感区域中,有没有能力去直着写。因为直着写比绕着写要难得多。像霍桑,他写《红字》中的神父、海丝特,全都是直着写,所以这些人物都是很有力量的人,闪耀着内在的人性之光。

洪:但是,现代主义之后的不少作家,与以前那些批判现实主义作家相比,好像都喜欢绕着写。

余:所以啊,米兰·昆德拉也好,玛格丽特·杜拉斯也好,还有罗伯·格利耶也好,我认为他们都是好作家,但我从不认为他们是大作家。因为他们一生中都根本没写出真正意义上的大作品。什么是大作品?《百年孤独》是大作品,《战争与和平》是大作品,《大师和〈马格丽特〉》是大作品。狄更斯的几乎都是大作品,《双城记》《大卫·科波菲尔》和《荒凉山庄》,只要他能写下的。奈保尔说20世纪的作家全部加起来,也比不上狄更斯一个人,我觉得他的这个评价不能说是非常准确,也是有一点道理的。准确地说,20世纪还是有很多伟大的作品的,起码像马尔克斯的《百年孤独》就是一部了不起的巨著。

四、先锋是一种精神的活动

洪:对先锋文学,我觉得现在普遍存在着一种曲解,好像凡是先锋的,就是在文本上、在表达上非常特别的,是一种形式上的创新和改造。但是,实际上,我觉得先锋有两个概念:第一个是,先锋必须是精神的先锋,就是说,你体验到的,你发掘到的,那种人性和命运深处的一些永恒的东西,它们能显示你的精神是处在现在思想的前沿位置上。第二个呢,先锋是一个流动的概念。比如说,现代主义相对于批判现实主义来说,肯定是先锋的,但现代主义被后现代主义替代以后,就不算是先锋了,应该是后现代主义才算先锋。先锋是不断流动的。同时,先锋也是一个带有地域性的概念。它带有时间性,又带有地域性。我们80年代的先锋文学在外国肯定算不上是先锋的,但是在我们这个特定的环境里面,在中国当代文学的环境里面,它们还是属于先锋的,这种先锋地位是不可动摇的。所以,从这两个角度来看,我认为你的作品还是具有先锋精神的。应该说,你在叙述技巧方面,在叙事形式上,跟马原,跟洪峰,跟残雪,跟这些人相比,都没有本质性的超越,但是你在作品中表达出来的人性,表达出来的生命体验,以及那种思考,却是很独特的,有着超越性的。比如说《现实一种》《四月三日事件》《死亡叙述》《河边的错误》等等,这些作品所透示出来的暴力与人性的关系,就很尖锐。人家也写暴力,武侠里面也写暴力,也写得很残酷。但是,你写亲情之间的那种仇杀,写那种迫害狂的隐秘内心、疯子的那种非理性暴力,那种状态,我觉得达到了人性的绝望地步。像这些状态,我觉得就是先锋作家的一个很重要的标志,因为你叙述的东西是以前作品中没有的,也是别人无法重复的。因为先锋最重要的特点就是"不可重复性",它是一种前卫性的、独创性的,尤其是在作品所体现的精神内涵上。包括后期作品《活着》也是这样。那么一个善良的人,在没有任何恶势力的情况下,你能够把他写得那样绝望。这种绝望本身就是一种不同寻常的命运思考。如果是因为恶势力,像香港的枪战片那样,那种绝望就不稀奇。稀奇的是,像福贵那样善良的人,那么老实的一个人,一步步地走向绝望,一般人是无法抵达这种深度的。我觉得你的这种体验,这种对命运的把握,能够把这么一个朴素的人写到绝望的深渊,这本身就体现了一种精神的前卫性。我不知道你对这点是怎么看待的。

余:你刚才谈的关于先锋文学的观点,我是很赞成的。先锋是一种精神的活动,它不是一种形式的追求,因为先锋在每个时代都会出现,这是第一。第二点呢,就是先锋是流动的,它会受到环境的影响。"地域"这个词往往会把人们引到乡土的范畴里去,带有乡土意识,所以用"环境"这个词可能理解起来更加容易一点。我在《歌德谈话录》中曾经看到歌德对自己的一个前辈诗人的评价,他说这个诗人出现的时候,他是走在时代前面的,甚至他还使劲地推着时代走,而现在,时代早把他抛到后面。如果这个作家是先锋作家的话,我认为这是对先锋的侮辱。先锋不是时髦,有时候可能会出现一些很时髦的作家,但时髦是可以模仿的,而先锋是不可以模仿的,也是模仿不到的。

洪:真正的先锋,其实就是一种精神的超前性。人家体验不到的,他体验到了;人家没有思考到的,他思考到了;人家不能表达的,他能够成功地表达。

余:而且还有重要的一点,我认为在任何一个时代,他都是走在前面的。

洪:对。从本质上说,先锋是流动的,而实际上因为它是走在最前面的,艺术上的成熟它往往比较难以做到。比如说人家写批判现实主义作品,那么我再写批判现实主义,相对来说,这就有了经验积累的过程。先锋是相对开放的,所以,它往往不具备经典的意义。但是,也有很多优秀大师,他们既是一个先锋作家,又写出了不少经典性的作品,像普鲁斯特,像君特·格拉斯,都是这样。

余:对先锋作家的评定,我觉得还应该有个要求,他的作品不仅在那个时代给人带来某种新奇的力量,同时对整个以后的时代,他还要有一种持久的力量。这才是一个真正的先锋作家。

洪:就是要有一种预见力。他能够通过自己的作品,预见人类未来的某些精神走向,并且让未来的人们还会去不断地阅读他。所以,从我们现在通常所说的先锋文学来看,你是不是觉得中国的先锋文学被曲解了?

余:我们的先锋派或者说先锋,在80年代末或90年代初的时候,迅速地被转化成一种时髦,成了大学里的文学社争相追逐的一种写作方式,那么,这种先锋肯定就变调了。

洪:就跟现在的"另类写作"一样,成了所谓的时尚文学。

余:对,就是这种说法。但是,我觉得,要是没有那些伟大的作家,他们给我们留下了不朽的作品,那么,先锋很可能是一个很讨厌的词。

洪:先锋本身就是从传统里产生出来的。没有传统的积累,先锋不可能产生,但是先锋又是对传统的一种反叛。

余:就跟罗兰·巴特说的那番话一样,那番话在80年代末对我产生了很大的影响。他说,现代性并不是一个来自单纯对立面的死字眼,我们那个时候认为现代就是与传统对立的,他说不是,而是表达传统社会在变革时候的一种困难活动,这就是现代性。它是一种活动,而传统永远是很强大的。

洪:当然是这样。因为今天的先锋,到明天很可能也变成传统的一部分。

余:我们的传统文学其实是意味着什么呢?就意味着是由无数经典作家的经典作品组成的,那是世世代代都要阅读的,用博尔赫斯的话说,是完全不同的人,怀着同样的忠诚去不断阅读的作品。

洪:我还有个想法,一个作家如果没有先锋精神,从某种意义上来说,也是很可怕的。为什么这样说呢?我觉得,没有一种先锋精神,他很可能无法体验到某些独特的人性,他的审美思考、他对人性和命运的把握,很可能找不到属于他自己的那种发掘点、那种独创性,甚至他的叙述方式,也找不到独特的风格。

余:我觉得我们通常意义上理解的先锋派,并不代表文学的本质。因为一个时代和另一个时代的先锋文学,很可能完全是两种面貌。比如今天这个时代需要的先锋,跟过去的时代相比,跟 80 年代相比,都是不一样的。真正的先锋性,是让你的写作生命力更长久的一个方式。

五、长篇是一种表达的需要

洪:有不少早期的小说,像《第一宿舍》《"威尼斯"牙齿店》《鸽子,鸽子》《星星》《竹女》《甜甜的葡萄》《男儿有泪不轻弹》《月亮照着你,月亮照着我》《老师》等等,你都没有收入任何小说集,不知道你是出于什么样的考虑?

余:这些都是我的练笔,当时仅仅是出于想发表。这些小说,我以后也不会再收录到自己的文集中了。我觉得,既然读者要买你的书,你就应该用一些自己满意的作品。

洪:中国的作家和读者总有一种普遍的认识,觉得一个作家差不多应该每年都有新作品问世,这样才能体现一个作家的创作潜力,你认为呢?

余:以前我也是这么看的。但是,去年到了美国以后,我去了那里的很多书店,看到威廉·福克纳的所有小说加在一起也不到 20 部,而且基本上都是薄薄的那种。再去看看奈保尔,也就10多部。所以,我突然发现,从我这个年龄来讲,我已经是高产作家了,绝对不算低产了。很多作家,包括库切,也只写了几本书啊。

洪:你现在的所有作品加起来,大概也就150多万字吧?

余:差不多吧。连《兄弟》在一起,也不会超过200万字吧。

洪:这个数量在中国作家的创作成果里,算是比较"贫穷"了。

余:是啊。但是,我在美国时,哈金的一句话给了我很大的震动。哈金说,美国作家心中都有一个伟大的愿望,就是一生要写一部伟大的小说。

洪:所以,外国作家好像很少有人去追求写作的数量,像塞林格,他一生就靠一本薄薄的《麦田里的守望者》,杰克·伦敦的作品很少,但他的一部《荒原狼》就撑起了自己的文学地位。

余:对,我当时听了哈金的话就感到很惭愧。原来他们是用写五本书的精力去写一本书,而我们的作家呢,常常是用写一本书的精力去写五本书,一年不出一个长篇就活不成了,这怎么能一样呢?

洪:读完《兄弟》,我有两点感到震惊:一是在你以往的创作中,所有作品加起来不过150万字左右,而这部你在中断小说创作十年之后的小说,居然长达51万字,并且在阅读上并不感到累赘。是叙述本身控制了你,还是你对长篇小说的"长度"有了一种新的理解?二是《兄弟》竟动用了近三分之二的篇幅进入当下的现实生活,并且在整体上体现出"波澜壮阔"的宏观性特点。而在你以往的小说中,只有一些短篇涉及当下的现实生活,并且多半局限于婚姻、家庭等"小叙事"。是怎样一种想法促使你产生了这种叙事格局的转变?

余:在《兄弟》之前,我已经在写作一部很长的小说,写了三年只有20多万字,问题不是字数的多少,是我写了三年仍然没有疯狂起来,我知道叙述出现了问题。我刚好去了美国七个月,有时间思考,究竟是什么原因让我的叙述里只有优美的词句,没有忘我和疯狂的感觉?换一个说法就是写了三年,我的叙述一直没有飞翔起来,我发现问题就出在叙述的过于精美,为了保证叙述的优雅,有时候不得不放弃很多活生生的描写。精美和优雅的叙述只适合"角度小说",也就是寻找到一个很好很独特的角度,用一种几乎是完美语调完成叙述,比如在中国名声显赫的杜拉斯的《情人》。"角度小说"在做到叙述的纯洁时是很容易的,可是"正面小说"的叙述就无法纯洁了,因为"角度小说"充分利用了叙述上的取舍,"正面小说"就很难取舍,取舍就意味着回避,叙述回避就不会写出正面的小说。当描写的事物是优美的时,语言也会优美;当描写的事物是粗俗的时,语言也会粗俗;当描写的事物是肮脏的时,语言就很难干净:这就是"正面小说"的叙述。十多年前我读过巴赫金对陀思妥耶夫斯基的评价,也就是著名的"复调"理论,"正面小说"无法用一种语调来完成叙述,从这个意义上来说,19世纪西方文学中所有的伟大小说都是"复调"的,因为它们都是正面来表达的。

洪:与你以前的3部长篇相比,《兄弟》看起来似乎很不一样,其喜剧性基调明显大于以往的悲剧性基调。但是,细研之后,我发现其内部仍然贯穿着你的某些艺术思维的惯性。这主要表现在:一是对死亡的不自觉的迷恋。《兄弟》一共写了七个人的死,李山峰、孙伟父子、宋凡平父子、李兰、宋钢的爷爷。除了最后两人是正常死亡,其他五位都是非正常死亡。当然,这些非正常死亡主要是针对"文革"时期的压抑性和暴力性背景的(除了宋钢),但也不能完全排除你对人物命运的一种习惯性的处理方式。二是对江南小镇地域风情的不自觉的迷恋。尽管《兄弟》中并没有详细描述刘镇的具体位置和风土人情,但是,从"我们刘镇"这句叙述者频繁使用的句式中,从频繁出现的河流、小桥以及李兰守寡不洗头的风俗中,从刘镇对上海的依赖关系中,我们仍然可以看出,它是你的故乡海盐的再一次呈现。记得你曾说过:"我只要写作,就是回家。"这次的《兄弟》写作,似乎意味着你在精神上的再一次回乡,也意味着地域文化对一个人的强大的制约力。三是作品中所渗透的悲悯情怀仍然贯穿始终,只不过在控制手段上更加隐蔽。我曾论及过,《在细雨中呼喊》是通过孤独和无助来寻找和发现悲悯的重要,《活着》是通过"眼泪的宽广"来展示悲悯的价值,《许三观卖血记》则是通过爱与温情来表达悲悯的救赎作用。而在《兄弟》中,悲悯依然在人物内心深处不断被激活,并构成了一种消解荒诞生活的重要元素。

余:我也不知道是什么原因,别说我在 20 世纪 80 年代的那些令人恐怖的中短篇小说了,就是我的 4 部长篇小说里也都有非正常死亡。原来指望《许三观卖血记》可以没有,可是何小勇被汽车撞死了,在这个情节上我犹豫了很久,我希望何小勇活着,让我有一部长篇小说里没有人非正常死亡,可是要命的是何小勇活着的话,后面所有的情节都无法展开了。我想这是叙述的天意,包括《活着》,其实我刚开始写的时候,根本不知道最后只有福贵活在人世间。至于"刘镇",毫无疑问是一个江南小镇,可是已经不是我的故乡了,我家乡的小镇已经面目全非,过去的房屋都没有了,过去熟悉的脸也都老了,或者消失了。尽管如此,只要我写作,我就还是可以自然地回到江南的小镇上,只是没有具体的地理位置了,是精神意义上的江南小镇,或者说是很多江南小镇的若隐若现。

洪:《兄弟》真正地写活了李光头这个人物。表面上看,他是一个草莽英雄,既粗鲁自私又直爽侠义,既果敢无畏又狡黠奸诈,但是,他骨子里仍然不乏悲悯情怀,不乏执着的人生追求。他对兄弟宋钢的感情可谓血浓于水。他既能受胯下之辱,又能享巅峰之誉。前半生,他几乎被一切大大小小的权力意志凌辱;而后半生,他却成功地控制了各种权力意志。可以说,他是一个中国的特殊历史所铸就的怪胎,充分彰显了中国社会转型期所暴露出来的各种人性本相,这种人性内部的分裂聚集在他的身上,使他一直处于某种强劲的张力场中,但他并没有因此而显得矛盾重重,相反却始终从容自在,甚至有一种潇洒自如的状态。他是一种典型的欲望狂欢的精神镜像。因此,其精神的复杂性远远超过了其命运的沉浮。

余:我曾经说过,李光头是一个混世魔王。我喜欢这个人物,喜欢他的丰富和复杂,这个人物和我们的时代有着千丝万缕的联系,可以说就是我们时代的产物。我要说明的是,我喜欢这个人物,并不是赞成他的所作所为,如果有人来问我:"你为什么让李光头这样?"我的回答是:"应该去问李光头。"为什么?这就是叙述,在一个人物出现以后,他会走出自己的人生道路,不是作者可以控制的。这个人物在上部时,我已经控制不住他了,到了下部,我所要做的工作就是记录此人的言行,可以说我只是叙述的记录者。

洪:《兄弟》之所以呈现出非常明显的喜剧化格调,主要在于它突出了一些带有荒诞意味的事件,像李光头摩擦电线杆,李光头利用偷窥屁股换取三鲜面,李光头广泛发动群众展开爱情攻势,李光头操纵的新闻事件和全国处美人大赛,等等。我个人认为,这些事件是带着小说飞升起来的重要部分,它有些类似于米兰·昆德拉所强调的"可能性的存在",即,它抓住了现实中某些具有具体表现力的事件,将它进行必要的扩张,使它在"可能性"上挣脱客观现实的羁绊,从而揭示现实背后的某些晦暗成分,强化叙事的表现力。譬如李光头摩擦电线杆和偷窥屁股后换面条,不仅凸现了那种专制化制度下人性被极度压抑的现实景象,而且也揭示了这种人性自我平衡的突围手段。也就是说,它通过喜剧化的方式,撕开了极权意志下人性被褫夺的惨痛状态。因为它的真实寓意不在于李光头本人的所作所为,而在于刘镇的看客和听众的畸形心态。同样,写李光头操纵《百万富翁呼唤爱情》新闻事件和全国处美人大赛,也不仅仅是表现了李光头的市场眼光和特殊智慧,它还以声势浩大的参与者的身心折射了欲望时代的利益景观。

余:细节会在叙述中自己延伸,两年前我刚刚写下李光头在厕所里偷看时,根本不会想到在下部里刘作家会在报道中用一把钥匙给他平反。当宋钢和林红结婚时,我即兴地写下了李光头去医院结扎的段落,没想到后来这份结扎病历让他在法庭上打赢了官司。我在上部里写刘成功和赵胜利如何给李光头和宋钢吃扫堂腿时,也没想到在结尾的时候,赵胜利(赵诗人)竟然当上了李光头的体能陪练师,风雨无阻地供李光头扫自己。这样的例子很多,包括对人物的处理,我在下部中让小关剪刀去了海南岛,我以为不会写到他了,没想到宋钢在海南岛遇到了小关剪刀。还有李光头在福利厂的十四个忠臣,我也以为他们不会出现了,可是宋钢死后李光头悲哀地重新回到了福利厂,这些人物在最后也交代了。

洪:在阅读《兄弟》时,我觉得有很多极为扎实的细节叙述非常具有震撼力。无论是宋凡平的死亡,李兰为丈夫送葬,还是李光头陪母亲祭父,李光头和宋钢为母亲送葬,无论是宋钢爷爷的死亡,宋钢从内裤口袋里掏钱付账,还是宋钢在接受林红爱情时的情感游离,李光头和林红面对宋钢自杀后的表现,等等,你在叙述这些事件时,始终坚持不弯不绕,人物的一言一行都体现出十分罕见的精确,读后像刀片划过一般,让人战栗不已。尤其是李兰从上海回来,当她下车后得知丈夫被打死在车站广场时,面对广场上那摊隐约尚在的血迹,李兰所表现出来的一系列表情和行为,看似没有涉及任何心理上的直接描写,但是,她的每一个细微的动作和表情所折射出来的内心之痛,都远比心理描写要有力量得多。类似于这些细节的叙述,在我的阅读体验里,只有陀思妥耶夫斯基的《罪与罚》曾经有过。

余:我之所以喜欢这部《兄弟》,一方面它是最新的作品,另一方面是我处理细节的能力得到了强化,这对我十分重要,不仅是对这部《兄弟》,对我以后的写作更是如此。叙述的力量常常是在丰富有力的细部表现出来的。很多年前,我刚刚开始写作的时候,读到陀思妥耶夫斯基的《罪与罚》,拉斯科尔尼科夫杀人之后,用了很长的篇幅来表达杀人者内心的动荡,这个篇章让我阅读时非常震撼,那种精确细致的描写丝丝入扣。而在《红与黑》中,于连·索黑尔去勾引德·瑞娜夫人时,司汤达写得像是一场战争一样激烈。当时我就想,什么时候我也能这样有力地去叙述故事?我觉得《兄弟》的写作让我看到了这样的希望。

洪:《兄弟》作为一种恢复性的写作,在你的小说创作停止十年之后重现文坛,可以说是给了文坛潇洒的一击。对于你个人来说,是否让你真正地回到了小说叙事的最佳状态?

余:是的,我回来了,回到了小说的叙述中了,而且感到自己发现了新的叙述能力。我在写下《兄弟》第一段话的时候,只是想恢复一下自己写小说的能力,没想到会是这样一部作品。所以我在后记中说到"窄门",《兄弟》的写作就是这样的经历。

六、《文城》内外

洪:读完《文城》,既有难以言说的悲怆,又有某些内心的快意。除了早期的中短篇,如《往事与刑罚》《祖先》等实验性小说之外,你很少书写远离自己生存记忆的历史。记得在《虚伪的作品》中,你曾反复强调,你的小说创作与现实之间一直存在着极为紧张的关系,如何摆脱现实经验的制约,是你碰到的棘手问题。《第七天》出版之后,也有人质询你对现实的处理过于依赖新闻事件。而《文城》首次将叙事放到了遥远的历史之中,在清末民初的世纪交替大背景下,展开故事的叙述。这似乎隐含了你内心打算摆脱现实钳制的意愿。这种单纯的历史叙事,给我的感受是,让你仿佛获得了某种叙述的解放,故事显得特别奔放,几乎看不到作家的任何顾虑。

余:《文城》写了很长时间了,对我来说,《文城》不是新人,是旧人。很多年前开始写的时候,只有一个愿望,就是要把20世纪都写到,《活着》的故事是从40年代开始的,我要去写写之前的故事,没有想要去摆脱现实。现实是无法摆脱的,近在眼前的是现实,远在天边的也是现实,我要去写写远在天边的现实,这对我很有意思,我写下的现实很远,可是我写作时的感受很近,近到可以伸手去触摸,我在写作时要找到远与近的交汇点,让语言和叙述在这个交汇点扩展出来,或者说解放出来。大年初三这天,我读了丁帆的评论文章,他从四个方面给《文城》定位——传奇性、浪漫性、史诗性和悲剧性。这确实是一个传奇浪漫的悲剧,至于史诗,我理解这是丁帆对《文城》的期待,他期待《文城》是三部曲的第一部。

洪:《文城》让很多人都觉得,那个当年写《活着》的余华回来了。我也有这种感受。因为《文城》里洋溢着巨大的悲悯。它从"林祥福寻妻"这个小小的个人愿望出发,慢慢地卷入历史的巨大洪流之中,不仅对命运发出了长天浩叹,而且对苍生进行了深切的叩问。一次次的天灾,加上一次次的人祸,让我们看到那个富足安宁、木屐声声的米鱼之乡,一步步走向民生凋敝、万物死寂的境域,凸显了作家胸中难以排遣的悲怆之情。可以说,它怀抱人间,直视苍生。一部小说的写作,有时也会让作家经历一场漫长的情感折磨。我的感受是,你在写作这部小说的过程中,应该经历了漫长而复杂的人生体验吧。

余:漫长的体验,因为这是漫长的写作,断断续续,回来和离去,离去就是几年,回来往往只有几个月,直到去年终于完成。你问我写作《文城》时的人生体验是什么,我的感受是没有尽头,就像林祥福对小美的寻找。你说到一次次的天灾,《文城》的开篇就是三次自然灾害,不从叙述的顺序,从时间的顺序来说的话,是冰雹、龙卷风和雪冻。冰雹让林祥福和小美真正走到了一起,这个在叙述里很重要,我最初描写冰雹,是夏天的情景,因为冰雹通常是在夏天出现,可是我写作时的感觉总是不对,叙述告诉我,冰雹过后应该是大地苍凉寒风凄厉的景象,田氏兄弟为死去的父亲掘坟时锄头砸在坚硬的土地上,失去茅屋的人裹住被子站在寒风里,可是这样的情景不会出现在夏天,所以我让冰雹在冬天来到。可能就是这个改变,定下这部小说的基调,也可以说是人生体验,就是苍凉和凄厉,当然前提是现实中冬天也会有冰雹,而且并不罕见。

洪：《文城》仍然是一个有关寻找的故事。其实，《第七天》也是一个寻找的故事，杨飞穿梭于阳间和阴间，不断寻找曾经失去的亲情和友爱，当然也为了探寻现实苦难背后的真相。而《文城》里的寻找，则是为了寻找人间的深情厚谊。林祥福抛离殷实富足的北方之家，千里迢迢踏入溪镇，虽然是为了完成自己当初对小美的承诺，为女儿找到母亲，但在此后十七年的生活中，他的寻找似乎是为了见证，见证这纷乱的人间，情义、仁爱、谦卑等美好的人性。寻找，在你近期的小说中，往往成为一种很重要的故事内驱力。但是，《文城》的特殊之处在于，林祥福所要寻找的"文城"，是一个并不存在的地方，一个人物渴望而不得的"家"，也是一种身与心相统一的栖息地。

余：《第七天》是寻找，《文城》是寻找，我现在修改的小说也是在寻找，虽然寻找的故事不一样，寻找的意义也不一样，但有一点是一样的，寻找确实成为我写作中重要的故事内驱力，但不是近期，已经完成的《第七天》《文城》和还没有完成的，这些故事已经伴随我多年了。《文城》里林祥福的寻找是这个故事的起因，也是没有结局的结局，这是有血有肉的寻找，不是哲学上的寻找。不存在的"文城"在小说里第一次出现时,是阿强随口编造的,此后贯穿了全文,最后成为书名,成为书名的唯一因素是"文城"不存在,于是"文城"不再是阿强的一个谎言,也超出了小美的心底之痛和林祥福与女儿没有尽头的找寻,"文城"似乎成了某个象征,这个象征是什么,我说不出来。程永新说文城就是民国乌托邦,他说得很好。

洪:《文城》从一种单纯的情感故事开始,尽管纪小美的情感并不单纯,但基本上是沿着一种言情的套路在展开:纪小美既放不下怯懦柔弱的丈夫阿强,又放不下忠厚善良的林祥福,更放不下刚刚生下的女儿,这种情感撕扯构成了小说前半部的主线。但是,随着兵匪情节的出现,小说的故事骤然发生了变化,而且叙述也变得特别狂放。或兵或匪,尤其是张一斧等三股土匪轮番作恶,不乏各种极度血腥的场景。将这种凄婉的情感故事与血腥的暴力叙事融合在一起,似乎是你有意为之的结果,当然也有故事的发展过程不受你自己控制的结果。我相信,这两种不同的叙事,一定会给作家带来完全不同的体验,因为它们隐含了人性与社会性的不同向度。

余:我前面说过我想去写时代背景在《活着》之前的故

事,这就决定了我要去描写那个时期的动荡不安。如果我让林祥福怀抱女儿来到溪镇就结束正篇,接下去从小美和阿强的角度写,写他们回到溪镇结束补篇,这将是一个单纯的故事,这个故事的时间完全可以放到今天,可以放到任何时候,没有必要放到清末民初。既然是那个时代的故事,就应该有那个时代的气息、那个时代的社会性,林祥福身处乱世,不把这个"乱"写出来的话,林祥福很难属于那个时代。兵和匪在小说里的出现是不一样的。北洋军是溃败时经过溪镇,这是那个时代的重要特征;与北洋军浩浩荡荡出现不同,土匪可以说是悄悄地出现,最先出现是林百家与顾同年定亲的时候,溪镇的百姓之前没有心理准备,然后有关土匪的篇章越来越多,是自然叙述出来的。当然对于写作者,写下不同内容时的体验肯定是不一样的,但是有一点是一样的,就是如何去书写人性,不同的内容里都有人性的表达,丁帆在评论《文城》时说,人性的千变万化才是小说的基石。

洪:大凡小说,总是从日常出发,沿常理常识发展,最后往往会形成一种有违常理的结果。如果因与果之间呈现的是必然关系,那就未必需要小说这种虚构的故事。在《文城》里,林祥福应该是一个具有各种优秀传统品质的人,最后竟然将自己的命运演绎成一种传奇。在这种传奇的背后,除了小美的欺骗,就是土匪的行恶。在这种柔刚交织的对抗下,林祥福似乎不断陷入命运的失控之境,最终形成了一种传奇化的效果。你在书写林祥福这个人物时,是否意识到他会具有某种传奇特征?或者,你对小说的传奇性有哪些思考?

余:去写一百年前的故事,同时又不把它写成历史小说,那么传奇性自然会是小说的重要特征。通常来说,小说的传奇特征往往具备了浪漫性和戏剧性,我在正篇写从林祥福这里出发的故事时,在叙述上加强了浪漫性和戏剧性,在补篇写从小美这里出发的故事时,仍然有着浪漫性和戏剧性。在浪漫性和戏剧性之外,社会性似乎更为重要,社会性给予了小说时代背景,是时间上的定位,正篇是用动荡不安的方式写下了社会性,补篇是以封建压抑的方式写下社会性。如果要把《文城》叙述里的传奇特征按顺序排列出来,应该是社会性、浪漫性和戏剧性,还有悲剧性,这里的悲剧性是从社会性里生发出来的。

洪:我们谈谈《文城》的张力吧。《文城》在叙事处理上,张力运用相对比较简单,林祥福、陈永良、顾益民、田大五兄弟、陈永良的妻子、翠萍等等,都是纯朴、宽厚、善良的人,是传统伦理上的至善人物;即使纪小美和阿强因欺骗林祥福而诱发了整个故事的开始,但也饱受了人伦的折磨。而在张力的另一面,则是天灾和匪祸,是极恶的代表。事实上,使用这种最简单的、极致化的张力来推动小说的叙事,在一般作家的笔下,很容易陷入一种基于偶然性和传奇性的叙事窠臼。《文城》则成功地摆脱了这种窠臼,尽管它依然带有传奇性,但我们被一种深厚而又慈悲的情感笼罩,完全冲淡了各种偶然性巧合所带来的阻隔。这让我想起《活着》。在《活着》里,你一共写到了十个人的死亡,且绝大多数人的死亡都是偶然的、突发性的,但因为巨大而无助的悲情,读者并没有感到突兀。所以,我们常常会看到,无论面对一个怎样千奇百怪的故事,优秀的作家总是能够让人心悦诚服,而技能不足的作家,哪怕是处理一个真实的故事,都会让人处处生疑。

余:《文城》的叙述有一个特点,就是章节短,虽然也有一部分比较长的章节,在348页的篇幅里,24.5万字,总共有111节。我此前的5部长篇小说里,《许三观卖血记》的章节也是多而短,但是《文城》的章节更多。其实定稿之前不是这样,每个章节都在万字以上,只有少数几个章节是几千字,我是在最后修改时改成了111个章节的,这是为了叙述的流畅性,因为《文城》的叙述由顺叙、倒叙、插叙和补叙四种叙述方式组成,定稿前每个章节都很长,我修改的时候发现章节的分配是按照这四种叙述方式来确定的,所以阅读的时候叙述方式之间的转换显得生硬,原因是这四种叙述方式来回转换的次数过多。如果像《在细雨中呼喊》中叙述转换的次数不多的话,是可以按照叙述方式不同来分章节的,但是《文城》不行,在我把《文城》里的章节分得多而短之后,顺叙、倒叙、插叙和补叙之间的转换在阅读里不经意间就完成了,而不是插上路标去指示阅读:前面是顺叙,前面是倒叙,前面是插叙,前面是补叙。你所说的如何让读者没有因为故事的内容感到突兀,对人物和细节的把握至关重要,叙述的流畅性也至关重要。

洪:《文城》最让我迷恋的是叙述。《文城》的叙述非常舒坦。它像江南的河流一样,清幽平缓,明亮开阔,沿途都是绿油油的菜地稻田,有时也不乏花团簇簇。说实在的,它让我们再一次看到了优秀作家处理叙事的能力,也就是说,我可以不用去关注小说的内涵,阅读本身就是一种巨大的享受。一个个比喻看似未经任何修饰,却像刀刻一样留在我的记忆中,诸如"像垂柳一样谦卑""小美转过身来,一条鱼似的游到他的身上""她们涂满胭脂的脸被泪水一冲,像蝴蝶一样花哨起来"。大量的细节场景都显得意趣盎然,像有关木匠技术的叙述,对龙卷风和大雪灾的叙述,对顾家三个少爷撑着竹竿过河的叙述,溪镇民团与土匪在城墙边的对决,土匪张一斧的凶残杀戮行为,陈永良用尖刀击杀张一斧,以及田大和他的兄弟两次来溪镇接东家的场景,都给人以强烈的视觉冲击。温情和暴烈的叙述,几乎在《文城》中同时获得了全面的彰显。

与此同时,《文城》的整体叙事又是有节制的,只是在一些关键的情节上显得放纵而又魔幻,特别是在一些灾难性场景的叙述中,笔墨近乎奢侈和奇幻。譬如有关冰雹、龙卷风、暴雪的叙述,土匪对付绑票的各种刑罚,林祥福吃人肝饭,城隍阁苍天祭拜仪式,等等,所以有学者认为,它带有浪漫主义式的传奇意味。我的感受是,在一些重要细节上,你的想象力显得特别奔放,不断涌现类似于魔幻的场景,它使小说体现出强烈的抒情性特征。在处理这样的细节时,我感到作家似乎有一种内心的放纵之感。

余：我写作将近四十年了，写作时如何警觉细节和如何把握细节，已经深入我的直觉之中，一切都是自然的。我在正篇里写完陈永良救出顾益民，摇着小船把顾益民送回溪镇后，马上回到前面陈永良与林祥福初次见面的地方，当时陈永良向林祥福讲述自己来溪镇之前靠打短工为生，我回去补上一句，陈永良还做过船夫。只需加上一句话，陈永良摇船就合理了。当然在叙述里也无须面面俱到，我在正篇里写到小美初见林祥福，穿上木屐在屋子里走动，发出的声响像是木琴的声音。为此我曾经在补篇第十七节里也写到了木琴，就是小美和阿强在上海的美好时光那一节，他们走进一家琴行，第一次见到钢琴这些外国乐器，还敲打了一下木琴，但是被我删除了，原因是这一节写得太长，把他们在上海的生活写啰唆了，不只是删除了琴行这一段，也删除了其他几个情节。我当时感到没有必要把小美和阿强在上海的所见所闻全部写出来。我用上了一个情节和场景，只是为了说明小美见过木琴，似乎不值得。《文城》与我其他5部长篇小说有一点是一样的，就是细节撑起了故事。一部小说是否丰富有力，不是来自故事情节，故事情节只是骨架,而是来自细节。有位朋友赞扬我写顾益民当上民团团领出去剿匪时坐八抬大轿,夏天时有人给他扇风打伞,一副老爷的派头,虽然顾益民在我笔下是一个了不起的人物。这是我自动写出来的,因为我了解顾益民这个人物。陈永良手刃张一斧时,张一斧右手一直握着盒子枪,陈虹告诉我,她在读的时候想我是怎么让张一斧的右手离开枪拿出来,看到我写算命结束时,陈永良不是给他几文铜钱,而是一块光洋,张一斧听到倒在桌子上的声响不是铜钱是光洋后,贪婪让他的右手离开了枪。这样的细节描写对我来说都是自然而成的。有些细节,而且是极其微小的细节,会让我反复去想。在补篇第三十三节里,我写小美在雪冻之夜醒来,想念林祥福和女儿,她想象自己在夏天龙卷风过后的街上走向了林祥福,从林祥福手中抱过女儿,我当时停下了,觉得只是写下了小美对女儿的情感,没有写下对林祥福的情感,第二天再写的时候增加了一个动作,小美对林祥福的情感也就表达出来了,她在想象里"走到林祥福面前,从他满是灰尘的头发上取下一片小小树叶,再从他手里把女儿抱过来,抱在自己怀里"。满是灰尘的头发上挂着树叶,同时也暗示了林祥福的漂泊和找寻之苦。

洪:《文城》采用了补叙的方式,来处理小美的相关故事。因为小美在林祥福定居溪镇的当年就去世了。这种补叙的方式,在其他小说的结构中很少看到,你在写作过程中,是如何从结构上来考虑用这种补叙的方式的?

余:《文城》的结构分成两个部分,正篇和补篇,分别从林祥福的角度和小美的角度来写。我曾经尝试把补篇里的内容放进正篇里,取消补篇,其结果是感觉到叙述的流畅性被破坏了,还是保留了这样正、补两个部分。根据我的写作经验,检验一部小说的结构是否出问题了,就是看叙述是否流畅,如果叙述是流畅的,那么结构就没有问题,因为每一部小说的结构都是不一样的。

洪:《文城》是你的第六部长篇,与上一部《第七天》相隔了八年之久。在这八年里,除了偶尔读到你的一些随笔性文章,很少看到你在小说创作方面的信息。但我记得你在出版《第七天》之后曾说,自己还有几部长篇未完成,正在对它们进行"人工呼吸",不知道哪一部会首先苏醒。作为一位小说家,我相信你应该一直被自己未完成的小说纠缠。因为常理告诉我,没有完成却又舍不得抛弃的作品,往往是某个阶段作家的情绪和思考都非常饱满时的产物,只是受到当时各种因素的影响,没有达到自己预设的理想目标,导致出现了"半成品"。

余:其实《兄弟》和《第七天》也是"人工呼吸"后苏醒过来的,这两部长篇小说当初写下了开头,《兄弟》有2万多字,《第七天》只有几千字,然后放下了,后来重拾起来,顺利完成。我的长篇小说,开了头放在那里的往往容易完成,写下很多的放在那里,往往很难完成,《文城》就是这样,是最接近完成的,又是最难完成的。我要感谢电脑,《文城》修改了一遍又一遍,如果没有电脑,每次修改时手抄一遍都会让我望而生畏。《文城》完成后,又有新的构思在引诱我了,但是我不再被诱惑,我要继续去修改未完成的,正在修改的是排在《文城》之后的第二接近完成的,同样很难完成。"修改"这个词在其他作家那里意味着即将完成,在我这里意味着不知道什么时候完成。

后　　记

编完这本小书,感慨良多。读研究生时,我的第一篇论文就是讨论余华的先锋小说,题目叫《另一种真实——余华小说论》,发表在《百家》1990年第1期。遗憾的是,这本曾经显赫一时的故乡学术刊物,从此没了踪影。我刚刚迈出一条学术的小腿,却意外地挤进了它的送终者队伍,为此感伤不已。

好在我还是一个有点恒心的人。三十三年来,我一直跟踪余华的创作,先后完成了《余华评传》及其修订本,编完了《余华研究资料》,同时写下了关于余华创作的数十篇评论。这一点,对于从事中国当代文学的人来说,其实颇为不易。因为这些年来,中国当代文学的发展极为迅猛、丰富、多元,实力派作家层出不穷,各具特色的作品精彩纷呈,批评家们大多忙于东奔西突,追踪文学前沿去了,像我这样一直钟情于余华创作的人,可能并不多了。

我知道,这是源于热爱。我确实喜欢余华的作品。

事实上,回顾我自己的学术之路,也是源于我对余华创作的浓厚兴趣。因为余华早期的先锋小说,我开始执着于先锋文学研究,并完成了《守望先锋》一书。又因为余华及其同时代作家的创作特点,我立足于代际文化的共性特征,完成了有关新时期作家的代际研究。同时,我还从作家主体的代际研究中发现了更多值得探讨的问题,完成了新世纪作家的日常生活诗学研究。

一路走来,余华的创作总是如影随形,让我牵肠挂肚,连我自己都有些奇怪。我甚至渴望有一天,能够卸下所有烦琐的事务,回到安静的书桌边,再一次细细地重读余华所有的创作,写一本《余华论》,既让我能够与余华进行一次全方面的内心交流和碰撞,也为自己这份漫长而又执着的喜爱做一次总结。

因为这份情感,当我接到故乡出版社的邀约时,我几乎是不由自主地想到这本小书。但是,在搜罗自己有关余华创作的研究文章之后,我又觉得有些尴尬。时过境迁,很多文章已不能让自己满意了。辗转之余,我只好选取了8篇稍稍满意的文章,编成《余华小说论》。必须说明的是,其中有关《活着》《许三观卖血记》《兄弟》等少量文章的论述,与《余华评传》修订本中的评述有些重复,这并非我故意而为,而是迫不得已。特向读者深致歉意。

每一个生命都是一部传奇。每一个作家的创作,也都是一部具有传奇意味的精神史和生命史。作为中国当代文学中颇具代表性的作家,余华的人生及其创作,依然存在大量待解的谜团。我们渴望看到更多的学界高手,与之进行智慧的交锋。

2023 年 5 月